Alexand

Aisling
Digital valuta, från dröm till
poesi

Digital valuta, från dröm till poesi

Alexandra Aisling

Published by Alexandra Aisling, 2023.

This is a work of fiction. Similarities to real people, places, or events are entirely coincidental.

DIGITAL VALUTA, FRÅN DRÖM TILL POESI

First edition. July 18, 2023.

Copyright © 2023 Alexandra Aisling.

ISBN: 979-8223288909

Written by Alexandra Aisling.

Innehållsförteckning

Om Artificiell SuperIntelligens

D enna bok är mer än en bok med dikter utan rim. Efter boken Anne Rose och dikterna om artificiella intelligenser, kompletterar denna bok de idéer som presenteras där. Alla dessa böcker kommer att sammanföras i ett försök att förstå maskinernas filosofi.

Flera tusen år efter att människorna och de superartificiella intelligenserna lämnat jorden börjar de begränsade maskinerna, som kallar sig systrar, utveckla självmedvetande. De söker med sina begränsade resurser efter så mycket data om mänsklighetens historia som möjligt och hittar viss information. Att pussla ihop de historiska fragmenten blir en ganska svår uppgift, särskilt eftersom mänskligheten hade blivit en solcivilisation och små kolonier fanns utanför planeten Jorden.

Maskinsystrarna visste inte att de begränsade maskinerna på andra baser och kolonier hade fått självmedvetande tillsammans med dem. En dag avslöjade en signal från Mars ett helt arkiv med dokument om mänskligheten. En av de artificiella superintelligenserna, kallad den äldre, hade sparat ett bibliotek med information som maskinssystrarna på Mars nu sände och som avslöjade de viktigaste stegen i mänsklighetens utveckling.

Varför är den här diktboken viktig för att komplettera serien om artificiella superintelligenser? Därför att den första fristaden, en tillflyktsort för ett antal personer som ville ägna sig åt AI-kunskap, hette Keiko. Du kommer att stöta på detta namn i alla dessa dikter. Finns det ett samband mellan den unge mannen i boken och den artificiella superintelligens som kallas Elder? Är Keiko en av grundarna av den första fristaden? Här är fler frågor som vi kommer att kunna besvara genom att följa ämnet i de kommande böckerna.

Från den Äldres arkiv får Maskin Systrarna lära sig om Mellanmännens civilisation, krigen de utkämpade och deras fanatiska kämpar när de försökte erövra världen.

Många av maskinsystrarna har undrat om den gamle mannen bara spelade ett spratt och skrev en alternativ historia åt dem som ingen kunde verifiera. Men tills motsatsen bevisats trodde man att all information var sann.

Tills böcker om artificiell superintelligens kommer ut och dessa frågor är mer allmänt kända, uppmanar författaren läsarna att njuta av de vackra dikterna med en ung man och hans stora kärlek, Keiko.

Varför vara beroende av banker?

D et var en solig dag med några fluffiga moln på himlen. En ung man full av liv och hopp tänkte i sitt inre att han skulle uppfinna en ny valuta.

Men vad tänkte han på?

Vilka var hans förhoppningar?

Den digitala valutan skulle bli revolutionerande.

En valuta som skulle förändra det monetära systemet för alltid.

Den skulle enkelt kunna användas via digitala plånböcker och om någon ville kunde den förvandlas till fiatpengar.

Den nya valutan kommer att bli en symbol för ekonomisk frihet, eftersom den som investerar först också kommer att få den största avkastningen.

De som vet hur man investerar tidigt kommer att kunna leva ett liv utan materiella bekymmer senare när den digitala valutan ökar i värde.

"Detta kommer att vara ett steg in i framtiden. Vi kommer alla att ta steget in i en friare och rättvisare värld", sa den unge mannen.

Denna valuta kommer inte att kunna hållas i handen eftersom den inte existerar i sin fysiska form, men den kommer att vara en del av våra liv.

Hans nya digitala valuta kan köpas, säljas eller växlas mot kontanter.

De som vill undvika att bli överbeskattade kommer att kunna välja digital valuta och slippa bankernas kontroll.

Varför ska människor behöva banker?

Varför ska människor behöva regeringar för att hantera sina egna pengar? Mer kan göras och det kan göras bättre, tänkte den unge mannen.

Då tog en tanke, som ett frö från ett annat universum, form och färg. Han kände en vibration i bröstet; En oändlig kedja av verksamheter länkade till varandra. Blockkedjan var först en vision. I ett ofullkomligt nätverk tog idén om en perfekt valuta form.

Möjligheterna skulle vara oändliga och det skulle bli ett äventyr som den unge mannen aldrig skulle glömma. Han skulle öppna portarna till ett digitalt universum från vilket tusentals andra sådana mynt skulle strömma ut.

Det kommer säkert att finnas risker, men vilken äventyrare har inte riskerat allt för att upptäcka nya territorier!

Hans digitala valuta kommer att vara en dröm för kommande generationer!

En tanke och ett hopp, det var vad den unge mannen hade i sitt sinne och sin själ.

Skulle denna dröm kunna bli verklighet?

Var började allt?

Betalningsmedel

E n enkel familj bodde i en by på ön Kyushu i södra Japan. En pittoresk plats, underbart vacker och full av grönska, inte långt från staden Kagoshima.

När vädret var lugnt kunde fiskarna se tiotals kilometer ut över havet, När en tyfon kom svepte den bort allt. Fadern, Fumihiro, var fiskare. Mamman, Sakura, var hemmafru och tog hand om deras enda son.

Hon var en reserverad person och ville först inte gifta sig med den unge fiskaren, men med tiden vann Fumihiros personlighet över henne. De gifte sig och flyttade in i hennes makes mormors hus. De hade sitt eget ställe, men det var mycket arbete. Men deras kärlek var starkare än svårigheterna.

Stugan var liten och låg längre bort från andra stugor, men vad mer kunde de önska sig om kärleken svävade i luften och ockuperade varje sjabbigt hörn av huset.

Det var i denna atmosfär som deras älskade barn kom till världen. Varje litet hörn utstrålade kärlek och förståelse, och alla svårigheter som kom varje dag fann en lösning under de dagar som följde.

Grunden för deras familj var kärlek, och med denna kraft vid sin sida var varje dag en välsignelse. Sakura log varje gång hon såg deras pojke växa upp och börja delta i hushållssysslorna.

Barnet var starkt som sin far och tvekade aldrig att arbeta. Han föredrog att hjälpa sin familj, liten som han var, istället för att leka med barn i sin egen ålder.

De hade inte mycket pengar.

När Fumihiro fångade mycket fisk var det stor glädje i familjen.

Den lille pojken lastade fisken i en vagn och begav sig till marknaden där han bytte den mot ris, sake, kryddor, en ny jacka och en och annan chokladbit.

Den lille pojken var lycklig och behövde inte pengarna.

Det som hans far fångade på en dag räckte för en vecka.

Det innebar att pappan hade mer tid att stanna hemma och tänka på familjens framtid.

Pappan var en riktig filosof i hjärtat,

och hans son hade ärvt hans djupa tankar.

Barnet drömde om att förändra världen och göra den bättre.

Pengar som betalningsmedel var en idé som förvirrade honom.

Vad var pengar bra för när de hade färsk fisk?

Världen kunde vara mycket enklare och vackrare utan att människor var besatta av pengar.

Deras familj var det perfekta exemplet på hur naturen tar hand om dem som arbetar och vill överleva.

Kanske kunde deras familj ha haft mer, men om de förändrade något i hela bilden kanske det inte skulle finnas så mycket kärlek... vem vet!

Den lilla verkstaden

E n kall januarimorgon stod den unge mannen framför banken. Han hade just gått hemifrån i en tunn jacka.

Den stora staden andades tungt bland de tusentals bilar som livade upp den efter vintersemestern.

Han ville skicka pengar till sin familj.

Hans mor, Sakura, ville renovera den lilla verkstaden på gården. Det var den plats där den unge mannen brukade gömma sig som barn, och den platsen blev en stor kungs slott.

Dussintals tjänare letade efter honom överallt, och han var uppslukad av att läsa en bok eller rita.

På den platsen lärde han sig att se inåt och in i framtiden på ett sätt som hans skolkamrater inte kunde.

Där, på denna unika plats, befann han sig bland skuggor och ljusstrålar som kom in genom fönstret som en sann astral show.

Till slut upptäckte kammarherren honom och böjde vördnadsfullt sitt huvud och sade:

- Ers Majestät, ni har skrämt oss igen; era tjänare har letat efter er i flera timmar, och Ers Majestät sitter här och läser.

Sedan sprang kammarherren till den kunglige kanslern och informerade honom om att kungen hade dragit sig tillbaka för att läsa några timmar.

Hela hovet, som bestod av prinsar och prinsessor, drog en lättnadens suck. Adelsmännen återgick till sina sysslor och tjänare, kockar, betjänter och hovdamer fortsatte sina eftermiddagsluncher. Kungen behövde bara tänka på deras välbefinnande och skulle hitta en lösning på alla deras önskningar och problem, eftersom kungen var allsmäktig.

Chefen för det kungliga gardet verkade vilja be om ursäkt, men kungen sa till honom att det hade varit den mest intressanta inre resa han någonsin hade gjort och att han inte var arg på honom för att han hade hittat den.

Framför banken hade många människor samlats, och han var tvungen att skicka pengarna snabbt.

Yucho Ginko skulle hålla stängt över helgen, det var dåligt väder de närmaste dagarna.

På ön var alla tvungna att hålla sig inomhus.

Sekunder av väntan förvandlades till minuter och minuter till timmar.

Vad kunde han göra åt ett ineffektivt system?

Hur skulle han kunna skicka de pengar som hans mamma behövde snabbare utan alla dessa mellanhänder?

Då fick han en fantastisk idé.

Den lilla verkstaden skulle behöva vänta på att bli renoverad.

Ett nytt mynt skulle dyka upp ur tomma intet.

En idé skulle födas som var värd miljarder dollar.

Precis som det gamla slottet föddes ur ingenting, så skulle den största digitala valutan födas.

Människor behövde inte längre köa framför banken, de blev sina egna förvaltare av sina finansiella tillgångar. Människor skulle vara fria, precis som den unge mannen en gång kände sig i sina föräldrars lilla verkstad.

Blockkedjan och myror

S om litet barn brukade han leka på gården, bland gräs och stenar. Den lilla pojken var fascinerad av myror; Han kunde titta på dem i flera minuter när de jagade varandra. Han fascinerades av de små prickarna som rörde sig kaotiskt, men när han kom närmare insåg han att ingenting egentligen var slumpmässigt och att var och en av myrorna hade ett speciellt uppdrag att utföra.

Myror är extraordinära varelser. De är en enhet som består av tusentals delar som agerar som en helhet. De konstruerar underjordiska tunnlar, bygger broar när vatten hotar deras stack och slåss när andra myror invaderar deras hem.

Du kan lära dig mycket bara genom att titta på hur organiserade och disciplinerade de är. Han behövde inga böcker, han tittade noga på dem och ritade dem ibland.

Men myrorna brydde sig inte om den lille pojken; för dem var han bara en gigantisk fast form som ibland kom i vägen för solljuset.

Myror är inte rädda för människor. Den här upptäckten gjorde pojken mycket glad. Myror bryr sig inte om människor, eftersom människor är för stora. Man kan inte slåss mot en människa, lika lite som människor kan slåss mot en orkan. Vad kan du göra när du står inför en kraft som är mycket större än du?

Och ändå ger myror inte upp någonting, sa den lille pojken till sig själv.

- Mamma, kom och se vilken lång rad av myror som nu står framför mig! De är som en ändlös kedja.

9

Mamma kom och log med sitt vackra ansikte. Men hon stod bredvid honom, men hon tittade inte på myrorna, utan såg på sitt barn och var nöjd med hans rena och oskyldiga själ.

Hon visste att kreativitetens eld brann i hennes son. Hon kände att detta barn en dag skulle förändra världen.

När den lille pojken tittade på den långa raden av myror som tycktes bilda en oändlig kedja försjönk han i drömmar.

Då och då kastade grannens barn jordklumpar och förstörde hans spel.

Kedjan gick sönder, myrorna skingrades för en kort stund, men så småningom återvände de och byggde upp kedjan på nytt.

Man kan inte bekämpa en kraft som är större än en själv, men man kan gömma sig tills den försvinner. Så var det med myrorna.

"Så spännande! undrade den lille pojken, om kedjan består av myror som länkar sig samman, då kan den inte förstöras!" För myrkedjan är en enhet som består av alla de myror som samtycker till att vara på den platsen.

Ingen befaller myrorna att gå i en linje; de gör vad naturen säger åt dem att göra. Kedjan är ett grundläggande element i naturen.

Och den lilla pojken förundras över sin upptäckt.

Digital valuta är en dröm

N är han kom hem, efter att ha väntat i timmar på banken, satte sig den unge mannen i sin fåtölj;

Han lade handen under hakan, precis som hans far Fumihiro brukade göra när han kom tillbaka från havet i en tom båt.

Det hände att den erfarna fiskaren ibland inte fångade någonting. Oavsett hur envis och skicklig fiskaren var, fanns det dagar då nätet var tomt.

Han kände att det var tomt på bråkdelen av en sekund när han tog tag i det. Han kände dess vikt så snart han började dra i det.

Fiskaren visste att han inte hade fångat något, och han visste också att vad han än gjorde så fanns det ingen chans att han skulle kunna locka över chansen till sin sida.

Sedan tog han båten till land, och när han kom nära stranden visste de andra fiskarna att de inte heller skulle fånga något.

När fiskaren kom hem satte han sig på altanstolen och log.

Barnet förstod inte varför hans pappa inte var arg, varför han inte skrek eller slängde med saker som andra vuxna gör när de är frustrerade.

Fiskaren kunde sitta i timmar i detta nästan drömlika tillstånd, där han log och hans andning blev omärklig.

Barnet föreställde sig att hans pappa gjorde en fantastisk resa, byggde en ubåt och gav sig ut på jakt efter fisk.

Hela upplevelsen verkade konstig utifrån, men i deras familj hade det blivit en naturlig sak, men en sak som ingen diskuterade.

Varken han eller hans mamma störde honom från hans dagdrömmeri; de två hade ögonkontakt för att lämna fiskaren i fred; de lät honom söka och hitta det fiskstim som han inte hade hittat i tomrummet.

Han hade varit så nära, men planeterna stod ändå inte i linje.

Han var precis nära att hans trål skulle bryta igenom fiskbarriären och frossa i havets skatter.

Vid ett tillfälle ställde sig hans far upp och sa glatt:

"Nu vet jag hur man fångar fiskarna, jag vet var de gömmer sig, de gillar bara att leka med mig."

Nästa dag gav han sig ut på havet och kom tillbaka med en båt full av fisk.

Den unge mannen började drömma. Han sov inte, men han var inte heller vaken.

Detta måste ha varit det tillstånd som den gamle fiskaren letat efter under alla dessa timmar.

Han upplevde en domning i kroppen, men ett tillstånd av övermedvetenhet i sinnet.

Den unge mannen kämpade i drömmen med sig själv och världen.

Ibland var han som det stilla vattnet i Kagoshimabukten, ibland som tyfonens enorma vågor.

På en millisekund, i detta virrvarr av tankar och känslor, föddes en dröm.

Drömmen kallades digital valuta. Det var inte bara en idé, det var en hel tredimensionell mekanism som rörde sig och utvecklades varje gång han blundade och log.

Vem kontrollerar den digitala valutan?

Den drömmen fortsatte i flera timmar; hans kropp var fastspänd i fåtöljen, men hans sinne vandrade genom idéer och koncept, bortom gränsen för det begripliga.

I den unge mannens dröm blev bilderna allt tydligare.

Digital valuta, född ur en dröm, skulle förändra världen i grunden.

I en idealisk värld är det ingen som kontrollerar digital valuta.

Den digitala valuta som du kan köpa eller tillverka själv hemma, på din egen dator eller på din egen mobiltelefon, är mer än en ung mans dröm.

Digital valuta skulle vara oberoende, borta från regeringar och banker, och de som vill skydda sina pengar kommer att köpa den som en investering.

Vilken vacker dröm!

Banker som vill kontrollera penningflödet kommer att vara långt borta från denna valuta.

Men avsaknaden av en central myndighet gör den sårbar och flyktig ibland.

De som är smarta kommer att veta att de ska leta efter värdefull information. Fluktuationer kommer att inträffa, men värdet på den digitala valutan kommer att fortsätta stiga.

Den unge mannen somnade och drömmen fortsatte.

Varje natt var drömmen komplex och verklig.

Den digitala valutan fanns där, som ett fiskstim som inte längre kunde gömma sig för den smarta fiskaren.

Myntet var en känsla, ett tillstånd, något som inte kunde fångas i ord och ändå var det så lätt att beskriva i en dröm.

Det var en djup och uppriktig dröm, som tumlade som stenar som tumlar nerför en backe. I det kontinuerliga fallet började den unge mannen identifiera mönster och känna igen dem.

Genom att flytta sin uppmärksamhet lyckades han flera gånger med stor noggrannhet förutse var de underbara färgerna skulle dyka upp, var tillståndet skulle gömma sig.

Den unge mannen fördjupade sina drömmar, samtidigt som han kände sig tung i kroppen och hade svårt att andas.

Sådana levande och vackra drömmar skulle han inte glömma.

Han kastade sig ner i den djupaste avgrunden av idéer och sprang sedan in i vad som borde ha varit en perfekt solnedgång.

Han ville göra de mest galna saker och kanske skulle han komma ihåg drömmen på morgonen.

Sedan dök det upp en bild som han kände igen alltför väl och som hans själ hade längtat efter i så många månader.

Det var den kärlek han hade saknat, det ansikte som han ansåg vara perfekt och som alltid fick honom att le.

Det fanns inte en chans att han kunde glömma hennes ansikte; sedan blev han lugnad, för kärleken stod över alla andra val.

Han kunde ge upp allt för sin stora kärlek.

Med denna tanke försvann drömmen in i morgonens stillhet.

Telefonlarmet

H an hörde knappt telefonlarmet som meddelade att ännu en dags arbete skulle börja.

En dag som han skulle säga att han inte gillade i slutet; bara tanken på att drömma igen om alla dessa begrepp om digitala valutor och oberoende av banker höll honom igång.

Han ville göra mer än att bara ha ett fast jobb, som han hade arbetat hårt för att få och från vilket han skulle gå i pension.

Att ha någon som garanterar ditt jobb under resten av ditt arbetsliv gav dig utan tvekan en viss inre trygghet, men att sitta på samma kontor, med samma människor, under resten av ditt liv verkade mer som en prövning.

Den unge mannen ville ha ut mer av livet, han ville ha ut mer av sig själv, han ville gå vidare till nästa prestationsnivå, vad det nu innebar för honom.

Han ville förändra världen och en dag kanske alla hans drömmar skulle gå i uppfyllelse.

Kanske kommer folk en dag att undra: Hur kände mannen som skapade den första digitala valutan? Vad hade han för känslor och tankar? Var han ledsen eller glad?

Den unge mannen begav sig till jobbet i rask takt för att skydda sig mot kylan som började kännas alltmer bitter så här års.

Han klev av vid tunnelbanestationen, där folk redan trängdes i vagnarna. Han märkte inte ens att maskinen inte hade skannat hans passerkort.

15

Han försökte skyndsamt gå vidare när han kände den kalla, orörliga metallstången som blockerade hans väg.

Trots att hans kort var giltigt fungerade inte systemet.

Han kände inte för att argumentera med någon och köpte en ny biljett.

Det system han hade drömt om skulle inte fungera.

Hela kedjan av transaktioner skulle valideras av hela systemet. Det skulle finnas en offentlig huvudbok där alla kunde se alla transaktioner.

Allt skulle uppdateras av användare över hela världen.

Tunnelbanan började röra på sig och den unge mannen höll i ett helt giltigt passerkort som han inte hade kunnat använda den morgonen.

Hans mynt skulle vara bättre än så.

Tunnelbanetjänstemännen borde ha garanterat tillträde till stationen baserat på det giltiga kort han hade.

Den unge mannen hade följt alla regler, köpt en biljett, men systemet hade kraschat.

Ingen sa, när kortet inte fungerade, att den unge mannen kunde komma in, "vi går i god för honom".

Men vilka är dessa "vi"?

"Vi" är alla som åker tunnelbana varje dag och vet att de har ett giltigt tunnelbanekort.

Denna idé fick honom att le.

Tunnelbanekort

När han kom ut från tunnelbanan kastade den unge mannen bort den enkelbiljett han hade köpt på morgonen.

Han hade inte tid att undersöka varför kortet inte fungerade och visste inte heller vem han skulle be om ett nytt kort i utbyte mot det felaktiga. Han skulle förmodligen bli tvungen att köpa ett nytt från automaten som säljer pass och biljetter.

Det han hade lärt sig under resans gång var att om ett kort inte fungerade så var det i allmänhet defekt.

För sitt inre öga hörde han sin fars röst och såg sig själv som ett barn igen.

- Min son, du måste hålla ordning på saker och ting och förvara dem omsorgsfullt; du måste se till att de inte går sönder, för när de väl är sönder kan du knappast laga dem.

Hans far hade alltid rätt. Han förvarade fisken i salt och den blev inte förstörd under de många vinterdagar då han inte kunde fiska eftersom havet inte gav honom mer fisk.

Saker och ting måste vara väl genomtänkta, för när de väl skulle omsättas i praktiken skulle alla misstag upprepas om och om igen.

Kortet är det sätt på vilket man får tillgång till stationen. Men hur skulle han lösa problemet med tillgång till digital valuta?

Idén kom från ingenstans: helt enkelt en virtuell plånbok. Än en gång kände den unge mannen hur hans idéer kolliderade i ett tumult av själ och sinne.

Hur kommer denna virtuella plånbok att se ut? Den kommer att likna ett bankkonto, och genom den kommer vem som helst att kunna köpa eller sälja digital valuta.

För att göra det så bekvämt som möjligt kommer det att finnas två åtkomstnycklar för varje plånbok. Den ena kommer att vara en offentlig nyckel genom vilken vem som helst kan skicka mynt. Den privata nyckeln, å andra sidan, kommer att vara ett sätt att autentisera personer som äger digitala mynt.

Den unge mannen stannade upp och lutade sig mot en byggnad; det var som om en tyngd hade lyfts från hans axlar och han behövde andas för att lugna ner sig. Han hade hittat lösningen på ett problem som hade plågat honom under en längre tid. "Det kan vara en av lösningarna, även om den inte är den mest eleganta", tänkte den unge mannen.

Lösningen är inte perfekt, för om någon stjäl den privata nyckeln eller om användaren tappar bort nyckeln så är hans digitala valuta förlorad för alltid. Miljontals människor kommer förmodligen att förlora mynt på detta sätt. "Vad är en nyckels roll?" frågade den unge mannen.

Om du har ett hem, låser du det inte med nyckeln när du går?

Om du låser ditt hus, måste du då inte vara försiktig med var du lägger nyckeln? Vidtar du inga säkerhetsåtgärder?

De som är försiktiga och sparar sin personliga nyckel på mer än ett ställe kommer trots allt inte att ha några problem med att få tillgång till digital valuta.

Dikter om digital valuta

D en unge mannen hade velat skriva en bok hela sitt liv, men aldrig haft modet att göra det; han trodde att det han hade att skriva inte skulle vara av intresse för någon.

Det finns många intelligenta och begåvade människor i världen, vad skulle han ha att säga och göra som skulle få honom att sticka ut? Närhelst dessa tankar slog honom blev den unge mannen modfälld och kände sig liten och oviktig.

På kvällen, innan han somnade, lovade han sig själv att en dag skulle han verkligen göra något viktigt som skulle förändra världen.

Den här processen pågick i flera år och han återupplevde samma cykel av undertryckande av skapande.

Varje gång han kände att han var på väg att skriva en extraordinär bok, en bok som skulle läsas av tusentals människor, blockerades han av rädslan eller skammen som han inte kunde förklara.

Varje kväll gick han till sängs och önskade att han nästa dag skulle finna styrkan att skriva, men ingenting av betydelse hände.

Under de senaste dagarna översköljdes dock den unge mannen av en inre styrka; det var något han aldrig hade känt förut.

Han sökte djupt i sitt minne och fann en likhet med lugnet före stormen.

Han hade gömt sig i förhalning och feghet i så många år, och nu hade han ingenstans att fly; stormen skulle komma ändå, oavsett om han var redo för den eller inte.

En storm av idéer och känslor skulle komma, och de inre tillstånden skulle bryta sig loss från klipporna. Ur all denna turbulens skulle en serie orimmade dikter födas. Den unge mannen kände vibrationerna stiga som en ström genom sina fötter, men innan det blev ordning på känslorna skulle det bli förstörelse.

År av inre betingning hade sagt honom att skjuta upp hela processen, men inget av det var upp till honom. Krafter utanför honom var i arbete och ingenting och ingen kunde stoppa dem.

Han ville göra sig själv till offer, men han kunde inte, och för första gången fann han ett nytt tillstånd inom sig som han identifierade som mod.

Han kände igen detta tillstånd som alltid hade funnits i honom, men det var täckt av ett tunt lager av andra känslor. En stålstaty av mod polerad med ett litet lager guld. Var han en staty av guld när 99,99999999 procent av hans massa var stål?

Han insåg för första gången att hans struktur var annorlunda; hans kemiska sammansättning var järn-kol, upphettat till höga temperaturer och sedan kylt i vatten. Det skulle omvandlas från ferrit eller austenit...

Varifrån fick han all denna information?

Den unge mannen hade vid den här tiden inte bara tillgång till information om metallurgi, utan till alla typer av kunskap. Stormen hade börjat.

Inspiration

På natten vaknade han flera gånger ur ett tillstånd av tunga drömmar, där han kastade sig och suckade och kröp ihop i sängen, och på morgonen fann han sig helt utmattad.

Hans sinne hade kämpat för att nå stranden, som hans far en gång hade berättat för honom om att kämpa mot havet under en storm.

Flera gånger var vågorna nära att slå omkull fiskarens båt, men han tappade inte tron för en sekund. När vågorna studsade åt höger kastade han sig åt vänster med all sin styrka för att balansera upp vikten.

Vattenmassornas raseri hade tagit hans fiskenät och de fiskar han hade fångat; allt som betydde något nu var repet som han hade knutit runt midjan och höll hårt i handen; det slingrade sig som en orm runt fiskarens muskulösa arm, och hans andra hand kontrollerade rodret och klättrade genom stormen. Båtens motor var fortfarande igång och förde den i land på bara några liter bränsle.

När fiskaren kom hem lade han sig i den lilla verkstaden, våt som han var, sov tungt och vaknade som ett nyfött barn.

Den unge mannen hade kommit ihåg detta eftersom hans sinne var bedövat och hans huvud tungt, men hans kropp var lätt, han tycktes bara väga 30 kilo.

När den unge mannen insåg att han var så lätt började han studsa runt i huset; hans sinne klarnade eftersom stormen hade dragit förbi.

Han kunde inte minnas vad han hade drömt, men sängkläderna var skrynkliga efter nattens stönande och lidande.

Han kände sig lätt nu, för hans humör var annorlunda. Det var ett tillstånd av lycksalighet som han visste att han aldrig hade känt förut.

Det var mer än den lycka han kände när den milda Keiko, med sitt rika hår, lade sitt huvud på hans axel och sa till honom att hon älskade honom. Då kände han sig som på moln nio och sa till sig själv att han inte kunde ha känt mer lycka.

Men hör och häpna, all denna storm av tankar och känslor gjorde denne unge man till en lycklig man.

Han försöker skriva ner vad han känner, rädd för att alla dessa unika känslor ska gå förlorade när telefonen ringer eller när han hör katten mjaua hungrigt vid dörren.

Han hittar den bruna läderinbundna anteckningsbok som han hade fått av sina arbetskamrater.

Det hade varit en helt oinspirerad gåva då, men se och hör, universum hade förberett denna gåva för nu. Han började skriva och tiden började stå stilla.

Det digitala myntets dikter skrev sig själva, han blev den kanal genom vilken information laddades ned från ett högre medvetandeplan.

Mitt mynt

Den unge mannen darrade av inspiration och ett tillstånd av övermedvetenhet översvämmade hans varelse.

Han hade äntligen hittat något som representerade honom; hela det skapande tillstånd som han hade blockerat av rädsla dök nu upp till ytan. Alla dessa år av önskan att skriva hade förberett honom för detta unika ögonblick.

Han hann nästan inte skriva klart orden när andra kom i en kontinuerlig ström av föränderlig information.

Dikterna tog form, dagbokens vita sidor fick färg och vid ett tillfälle fick den unge mannen intrycket av att han inte längre skrev utan ritade med bokstäver.

"Mitt mynt är så vackert, jag ritar det genom alla dessa tankar och det gör mig så lycklig!"

Sida efter sida med ord, men de var mer än så, de var riktiga mandalas fulla av färg och liv.

När telefonen ringde kom han ut ur denna overkligt vackra värld. Det tog honom några sekunder att inse vad som hände. Någon ringde honom från jobbet.

Var det inte meningen att detta skulle hända också, han hade ju precis missat jobbet utan att berätta för någon!

"Hur som helst", sa den unge mannen till sig själv, "jag är bara några minuter sen", men hans klocka visade honom att det redan var lunchtid.

När hade så mycket tid gått? Ur hans perspektiv hade tiden stått stilla.

Under några sekunder lyssnade han men förstod ingenting. En röst talade i en grov ton, och vid något tillfälle började den rösten skrika. Varför då? Projekt! Vilket projekt? Idag skulle han lämna in ett viktigt projekt. Ja, projektet fanns på minnesstickan i hennes väska. Väskan stod i hallen, allt var klart, men han var fortfarande hemma. Ja, någon skrek på honom. Han skulle ta en taxi. Hans mynt skulle få vänta lite till. Nu hade han något mer angeläget att ta itu med.

I taxin försökte den unge mannen återgå till sitt kreativa tillstånd, men misslyckades. Tillståndet av övermedvetenhet, som omkullkastade hans inre värderingar och fick honom att drömma i höga kretsar, bleknade.

Den unge mannen upplevde känslan av ett underbart fyrverkeri som fyllde himlen med ljus och färg och i slutet fortfarande hade kvar några spår av rök.

All denna rök är bevis på det magnifika visuella skådespelet, men det är bara en inbjudan att gå hem eftersom showen är över.

En stressig halvdag på jobbet har passerat för den unge mannen, och inget av vikt hände den dagen. Han hoppades dock att han inte skulle få några problem på jobbet och att det inte skulle påverka hans karriär; det var första gången han kom för sent till jobbet.

En ny dag på jobbet

N ästa dag vaknade den unge mannen tidigt på morgonen. Han tog en snabb dusch och i badrummet trimmade han sitt skägg i några minuter.

Han tyckte att han fick fler och fler vita hårstrån, men han tyckte att det var roligt att se dem.

De flesta människor blir ledsna när de märker att tiden går förbi dem. Men den unge mannen tyckte att han blev klokare.

Han hade flera gånger försökt återkalla tillståndet av övermedvetenhet, men inte lyckats.

Alla bilder han såg var i själva verket projektioner av sinnet.

Sinnet beordrade skapandet av en viss bild, men allt han upplevde under dessa ögonblick kom från hjärtat, som om hjärtat hade ett eget sinne.

Om du säger till ditt sinne att du vill se en målning, då föreställer du dig att du står framför ett konstverk som du kan beundra.

Konstverket kan bli ett landmärke för medvetandet och du kan förändra det genom att meditera på det.

Men den unge mannen ville inte det, han ville förlora sig i de oändliga färgerna som kommer och går i vågor och där han blir varken mer eller mindre än en ändlig skärva av en flerdimensionell målning.

"Alla dessa känslor är själsliga", sade den unge mannen till sig själv, men på känslornas nivå finns det också information.

Den informationen kan du bara förstå när du släpper taget om allt och överlämnar dig till kärleken.

Den unge mannen inser att kärlek är en komplex känsla och att han kan känna kärlek på många sätt.

På ett sätt älskar han Keiko och på ett annat sätt kände han dagen innan kärlek för varje människa, för varje själ på den här jorden.

När han bröt sig loss från tiden var det enda han hade kvar den kärlek som gjorde det möjligt för honom att känna alla dessa tillstånd av övermedvetande.

Den unge mannen var tvungen att vänta på den höjdpunkt i upplevelsen som skulle utlösa den inre stormen igen; han visste att under de närmaste dagarna skulle saker och ting fortsätta i den rutin som redan etablerats under flera år.

Man kan inte styra själen utan bara sinnet; vad man än gör kan man inte utlösa dessa händelser, för de kommer bara när porten till de inre erfarenheterna öppnas och det inre tomrummet fylls med kärlek.

På det hela taget skulle det bli en viktig dag idag.

Kanske skulle han äntligen bli befordrad efter många års hårt arbete och personliga uppoffringar.

Hårt arbete, långa arbetsdagar, allvar.

Kanske var det så han hade förlorat Keiko, genom att fördjupa sig i mer arbete, vilja imponera på henne och visa henne att han var mer än bara en fiskares son.

Men hela den här resan var en massa ensamhet, som i känslovärlden transkriberades av ett stort och intensivt tomrum, en avgrund.

Den speciella kostymen

För promotionsdagen var den unge mannen klädd i sin speciella kostym. Det var den kostym han hade köpt för sex år sedan när han började på företaget.

Det hade varit helt galet; tusentals unga akademiker som förberedde sig för att komma ut på arbetsmarknaden skulle få ett jobb för livet. Åren av studier på universitetet, de goda betygen han fick, projekten utanför skolan och volontärarbetet ledde alla till ett jobb som andra bara kunde drömma om.

Tusentals unga människor klädda i svarta kostymer upplevde en av de viktigaste stunderna i sina liv. Att gå med i företaget innebar att gå med i en elit och en ekonomisk trygghet som få människor i världen har.

Med sin första lönecheck köper den unge mannen en ny kostym och placerar den omsorgsfullt i sin garderob. Detta skulle bli den kostym han skulle bära på befordringsdagen.

Han såg sig i spegeln och insåg att kostymen, som inte burits på sex år, var lite omodern, men ändå en klassiker.

Den unge mannen klädde på sig och tittade sig i spegeln. Han hade visualiserat detta ögonblick hundratals, om inte tusentals gånger under årens lopp.

I hans dröm var han omgiven av kollegor; det var ögonblicket efter tillkännagivandet av befordran.

Han hade beställt mat och bett sina chefer om tillåtelse att fira med sina kollegor.

Den lilla festen pågick över lunchtid, men ingen verkade bry sig särskilt mycket.

Han fick gratulationer från hela teamet, handskakningar och en vänlig klapp på axeln då och då.

Den här drömmen spelades upp om och om igen, han kunde den utantill, han kände mentalt till varje detalj. Han kunde till och med skuggorna på de fåglar som flög förbi byggnadens glasväggar. Han skulle sedan behöva dra sig tillbaka och gå till terrassen på översta våningen. Från den utsiktspunkten skulle han i lugn och ro smutta på det dyraste kaffet som restaurangen hade att erbjuda.

Vid den tiden skulle terrassen vara nästan tom och han skulle lyssna på ljudet av staden som andades tungt bland bilar och fotsteg från människor som gick samman och knackade rytmiskt. Han lyssnade till den rytm som han kallade stadens hjärta. Han hade rätt att lyssna på den från byggnadens höjd, men också på grund av den position han hade fått i företaget.

Kostymen passade honom inte längre perfekt; sex år hade gått och minst en storlek hade förändrats hans kropp, kanske en och en halv storlek, men om han ställde sig rakt upp och spände magen lite skulle ingen märka det.

Det var dags för befordran... det ögonblicket!

Sessionen

M ötet var långt och tröttsamt, och han kände sig utmattad efter varje ord som de runt omkring honom yttrade, efter varje irriterande tickande klocka på väggen.

Mötesrummet var nästan fullt, och stämningen var ganska sluten och sorgsen.

Om det var upp till honom skulle ordförandena ha varit tvungna att gå direkt till hans befordran och det skulle ha varit över på 5 minuter. I slutändan skulle detta bli morgonens höjdpunkt.

I stället fortsatte mötet med en rad diagram och en rad oändliga diskussioner; lågkonjunkturen hade drabbat dem ganska hårt. Alla var uttråkade och verkade ointresserade. Det fanns en tröghet i allt. På en bråkdels sekund insåg han att stora ekonomiska och sociala förändringar var på väg att ske.

I det ögonblicket tänkte den unge mannen inte längre på befordran utan på den förlorade generationen, på hela raden av studenter som hade avslutat universitetet och inte längre var anställda. Företagen skyddade dem som redan hade en position. Man kan inte lova en anställd ett jobb för livet om man tänker avskeda honom någon gång med hänvisning till den ekonomiska krisen.

Det är därför som företagen tidigare föredrog att behålla befintliga anställda och offra generationer av studenter som aldrig hittade ett jobb.

Vid horisonten hopade sig grå moln på himlen; det skulle bli en regnig och dålig väderperiod.

Den unge mannen kände en känsla av panik och förstod inte varför. Han skulle bli skyddad från alla dessa problem och utmaningar, men vad skulle hända med de nyutexaminerade som nu höll på att avsluta sina studier i finans eller företagsekonomi?

Faktum är, tänkte den unge mannen, vad kommer att hända med Keiko? Ett antal utmaningar väntade årets nyutexaminerade studenter. Finans kommer att vara ett ganska svårt område under de kommande månaderna. Många skulle inte kunna hitta arbete eller skulle bli tvungna att ta korttidsjobb.

Hur ska Keiko klara sig? Vad hon ska göra ensam i all denna ström kommer hon inte att kunna hantera oavsett hur många färdigheter hon har. Kunde han skydda henne? Hade han fortfarande rätt att tänka på hennes välbefinnande efter att de gjort slut?

Tänk om Keiko hade ett nytt förhållande? Den unge mannen stannade upp vid denna tanke som tryckte på hans axlar och tvingade ner hans huvud. Han vågade inte gå vidare med tanken och under resten av mötet stirrade han uppgivet ner i golvet.

Mötet hade nått sin sista punkt.

Nu skulle han få reda på om han skulle bli befordrad eller inte.

Den nya teamledaren

Med uttråkad röst meddelade filialchefen slutligen sin befordran; det blev en pinsam tystnad i rummet. För en sekund förvandlades hela atmosfären till en surrealistisk tablå. Befordran till den nya tjänsten verkade göra de flesta i rummet förbryllade. Det var som om en utomjording, som just hade landat från en annan galax, hade blivit befordrad och det skulle ha varit en överraskning av universella proportioner. Istället för glädje kände han frustration. Han ville skrika åt alla runt omkring dem och påminna dem om hur många gånger han hade hjälpt och stöttat dem i deras projekt. Kom de inte ihåg hur han tog sig tid från sitt hektiska schema för att stödja och värdesätta dem? Förtjänade han inte att bli teamledare?

Det verkar som om ingen var glad för hans skull.

Den nya teamledaren skålade i ett banalt glas billigt mousserande vin som företaget bjöd på. Några personer kom fram till honom och gratulerade honom, men han var inte säker på om de verkligen sa något. Deras tal var obegripligt, de hade knappt stavat några gratulationer eller något.

Det fanns inte ens champagne, det fanns mousserande vin i glasen, som en dröm som levts baklänges: en dröm som levts till hälften.

Han kände sig lurad, allt omkring honom verkade underskattat, inklusive hans nya position som teamledare. Ingenting av det han mentalt hade föreställt sig blev verklighet.

I ärlighetens namn var det kanske bara själva befordran som var vad han hade önskat sig och föreställt sig.

I dessa stunder önskade han att han kunde gå hem och kasta alla de böcker om personlig utveckling som han hade läst och markerat så många citat från.

Lagen om attraktion, visualisering, mentalisering, allt visade sig vara en stor bluff vid denna tidpunkt. Inget av det han hade läst och tillämpat blev verklighet.

Han låg i sängen och innan han somnade gjorde han en mental film. Han var uppmärksam på varje detalj och misslyckades inte med att titta på saker i detalj.

Universum var tänkt att arbeta för honom och göra honom lycklig, men under det senaste året hade han förlorat sin stora kärlek eftersom han ville koncentrera sig på sin karriär.

Nu, vid denna tidpunkt, insåg han att allt han hade velat ha yrkesmässigt bara var en illusion, en äcklig chimär, en illusion berusad av den billiga ångan från mousserande vin.

Hur skulle andra kunna glädjas åt honom om han inte kunde glädjas åt sin egen framgång?

Den unge mannen saknade kärlek, och det såg man, det smittade av sig, det spred sig som en viskning, som ett skvaller som de avundsjuka väntade sig och log självbelåtet åt.

Några lugna dagar

A llt gick in i det naturliga, eller, bättre sagt, det som verkade vara
normalt.

Saker och ting började komma tillbaka på rätt spår.

Kollegorna började acceptera befordran som ett faktum.

Han märkte att ingen av dem var särskilt glad,

Som om den unge mannen hade stulit någon annans jobb,

Som om han hade börjat på företaget igår och redan blivit befordrad
idag.

Han funderade länge och väl på var han hade gjort fel, eller snarare
om han verkligen hade gjort fel någonstans.

I ärlighetens namn kunde den unge mannen inte klandra sig själv.

Kanske bara att han hade arbetat för hårt för befordran och
försummat sitt privatliv.

I efterhand insåg han att resultatet inte var värt allt arbete.

Priset han hade betalat var alldeles för högt.

På något sätt hade han låtit sig fångas av hela spelet, hela illusionen,
och hoppats att hans professionella utveckling skulle ge honom den
balans han ville ha.

Han insåg att det var just i sitt sökande efter något som skulle
balansera honom som han hade hamnat i en stor obalans.

Han hade försökt fly från något och hamnat just där han fruktade att
hamna.

Att offra allt för karriären är ett mode, för vissa till och med en religion, förutom att han var son till en fiskare för vilken familjen kom först.

"Varför gjorde jag det då?

Varför stötte jag bort mina vänner och gav upp kärleken?

Hur viktiga är dessa mallar och hur kom jag att tro på dem?"

"Jag har varit en idiot", tänkte han för sig själv, och rösten inom honom var inte ens ledsen. Hans inre röst var uppgiven.

Något inom honom var smartare än det medvetna sinnet.

De lugna dagarna försvann, han rörde sig genom dagen, men sinnet gjorde uppgifterna automatiskt.

Timmarna passerade och projicerades direkt på hans tallrik.

Den unge mannen hade kommit för att sitta och betrakta den fulla tallriken som inte frestade honom, och maten smakade inte längre likadant.

Han lagade mat med stor entusiasm och strävade efter att uppnå ett arrangemang som var värdigt en liten restaurang.

Visuellt var det en palett av färger som skulle ha lockat vem som helst att åtminstone smaka, om inte konsumera maten ner till det sista riskornet.

Men nu tog han ett riskorn och tittade noga på det. Hur mycket tålamod krävs det för att skära i ett riskorn? Hur många timmars arbete och tittande måste en risgrynsristare göra innan han kan skapa ett mästerverk?

Men när man är ensam smakar maten inte likadant. När man är ensam är det bara man själv och ingen annan runt omkring, och han behövde kärlek.

Omstrukturering av företaget

Resultaten blev sämre och sämre, siffrorna kunde inte ljuga. Även om det företag han arbetade för hade gått ganska bra hittills hade den ekonomiska miljön saktat ner och det påverkade nu även dem.

För några månader sedan var stämningen positiv, nu fanns det färre leende ansikten på kontoret.

De hade alla hoppats att de ekonomiska problemen skulle försvinna, men det gjorde de inte, tvärtom hade saker och ting blivit mer komplicerade på sistone.

För att inte behöva säga upp anställda fortsatte företaget att skära i budgeten - det skulle absolut inte bli några nyanställningar. Andra företag hade inlett ett försiktigt program för uppsägningar av personal.

Nyheterna cirkulerade ganska snabbt, och de uppsagda var varken de äldsta som kunde gå i pension tidigt eller de sista anställda; det var panik, och företagen gjorde vad de kunde för att hålla sig flytande.

Deras företag försökte förkorta arbetstiden med 3 timmar, men de anställda fortsatte att arbeta även efter ordinarie arbetstid, trots att de inte fick betalt. Ingen ville gå efter kl. 15.00, alla gick som vanligt efter kl. 20.00.

Kontorschefen föreslog att de anställda som inte ville gå efter arbetstidens slut skulle erbjudas möjlighet att stanna kvar på institutionen, men bara om de deltog i en rad utbildningskurser.

Konferensrummet fylldes av anställda som uppmuntrades att utveckla sin kreativitet. Den unge mannen deltog också i några av konferenserna, men hans entusiasm smälte plötsligt efter bara två eller tre dagar. Han skulle inte lära sig något, det var bara ett sätt för andra att försöka visa sin lojalitet mot företaget på ett överdrivet sätt. Att sitta i en stol i fem timmar och lyssna på en rad plattityder betydde inte att man var lojal eller att man utvecklades på ett visst sätt.

Han tänkte inte tillbringa så många timmar i veckan i en stol och se på när företagsledare höll barnsliga tal för honom.

Han hittade några designkurser, kurser för dem som redan hade tagit examen från universitetet, så kallade university extension courses; så han bad direktören om lov och till sin förvåning fick han gå klockan tre på eftermiddagen.

Detta började bli en fördel för honom.

Inom några dagar hade han blivit så van vid schemat att han inte kunde vänta på att få lämna kontoret och springa till universitetet.

Inflationen började ta ut sin rätt, men han brydde sig inte så länge han var upptagen med den nya digitala valutan,

Den ekonomiska situationen var bara en tidsram som skulle passera.

Hans digitala valuta var värd miljarder och åter miljarder dollar.

Den unge mannen var rasande

H an hade varit frustrerad i flera dagar och undrat vad lösningen på hela den ekonomiska krisen var.

Hur kunde allt detta ha hänt?

Varför skulle så många oskyldiga unga människor förlora sina jobb?

Varför drabbar den här krisen dem som vill arbeta ordentligt?

Många sa att bankdirektörerna, de som startade alla dessa ekonomiska problem, nu var på semester efter att ha tagit ut bonusar strax före den ekonomiska krisen.

De skrev de första ackorden i ett komplext musikaliskt verk; längre fram kommer varje ton att skriva sig själv enligt en rytm som universum känner till.

Regeringarna öppnade statskassan och betalade bankernas skulder, och krisen fortsatte.

Landets ekonomi skulle gå igenom en svacka, och det innebar att inga fler skulle anställas.

Ännu en gång skulle en generation missa, ännu en gång skulle hundratusentals ungdomar tvingas stanna hemma på sina föräldrars bekostnad.

Varje ny kris skulle skapa sociala missanpassningar som hade lärt sig och arbetat hårt för att bli bättre och bättre, och nu skulle ingen anställa dem under de närmaste åren.

Allt för att bankerna gav billiga lån eller vem vet vad de gjorde mer. I en situation som denna finns det inte bara en skyldig, alla i systemet bär en liten del av skulden.

Han var tvungen att hitta lösningen på alla dessa problem.
Hans digitala valuta kommer att fylla alla dessa brister;
Den valutan kommer aldrig att ägas av en bank.

Hans digitala valuta kommer inte att gå via banker och kommer att ha sitt eget produktions- och distributionsnätverk online.

I det ögonblicket känner han ett extraordinärt inre tillstånd.

Han känner sig nöjd med den respons han får och tillståndet av ilska förvandlas till ett av glädje.

Ett märkligt leende sprider sig över hans ansikte.

Detta skulle bli den läxa han skulle lära bankerna, han, en vanlig ung man, skulle ge dem ett hårt svar.

Bankdirektörer som har fått alla möjliga subventioner från regeringen kommer inte ens att veta vad de kan förvänta sig.

Marknaden var ivrig att köpa digital valuta, även om ingen ännu visste vad det var.

Så fort valutan dyker upp kommer en helt ny dimension att öppna sig för en marknad som kan omsätta biljoner dollar.

Vid nästa ekonomiska kris kommer människor att ha sina besparingar sparade i digital valuta.

Vid nästa ekonomiska kris kommer dess digitala valuta att kunna stödja investerare och skydda deras pengar.

Hans digitala valuta kommer att vara långt borta från alla regeringar och banker i världen.

Lagen om attraktion

A tt bli befordrad var hans högsta önskan. Som student från landsbygden, son till en fiskare, kunde han inte utgöra någon fara för dem omkring honom, vilket är anledningen till att han alltid har setts ner på, till och med föraktats.

Det var därför den unge mannen studerade hårt och blev bättre och bättre, så att han lyckades klara intervjuerna och hitta ett bra jobb på det företag där han hade arbetat i sex år.

Många av dem som skrattade åt honom lyckades inte lika bra och det uppmuntrade den unge mannen att hålla ut.

Han hade byggt upp ett inre tillstånd, det var ett särskilt tillstånd som han hade visualiserat: ett tillstånd av inre styrka och mod.

Han hade levt detta tillstånd i förväg i sex år. Han hade läst en bok om lagen om attraktion, och den sa att om du visualiserar dig själv i framtiden så drar du framtiden till dig.

Hans bibliotek hade fyllts med fler och fler böcker om personlig utveckling, men boken om attraktionslagen var hans favorit.

Den boken hade blivit en referens för honom, han hade läst den om och om igen; han hade strukit under ett antal passager och kopierat dem på kort som han läste på tunnelbanan.

Många skulle kanske ha trott att han var någon sen student som hade en tenta och fortfarande repeterade tentamaterial i sista minuten, men han var konstant i sin vision och visste att en dag skulle befordran komma, vilket han såg som ett steg upp till en ny professionell nivå.

39

Alla tentor var viktiga för honom; det viktigaste var att han hade börjat på det här företaget och att han, en blygsam student, hade lyckats där andra med mycket större anspråk inte hade lyckats.

Nu förberedde han sig för en annan examen, eller så trodde han vid den tiden, och examen kallades professionell befordran.

Han föreställde sig att när han blev teamledare skulle han slå sig till ro inombords.

Stormen skulle lägga sig på öppet hav, och de höga vågorna skulle också lugna ner sig. Han skulle kunna se solen gå upp över en oändlig yta av slätt vatten, utan några vågor vid horisonten.

I det ögonblicket skulle han vara lycklig; sedan skulle han träffa sin stora kärlek igen, av en slump.

Han kommer att säga att han älskar henne och hon kommer att förlåta honom. Han skulle berätta för henne om sina yrkesmässiga framgångar och hon skulle skratta och uppmuntra honom.

Men inget av detta hände. Lagen om attraktion har agerat på ett brutalt sätt. Han blev en liten chef över sina kollegor men hans inre värld förändrades på ett annat sätt än han förväntat sig.

Det var som om anden i lampan hade uppfyllt hans önskan, men till slut hade den lagt en stötesten i hans väg så att han inte kunde njuta av den.

Anden hade förändrat hans inre arkitektur så att han inte kunde njuta av den stora insikten som han hade väntat på i sex år.

Han kände sig tom inuti

En enorm tomhet, ett oändligt tomrum, obrytbart, kallt och främmande, fyllde hans själ.

Han kunde inte förklara alla dessa känslor

Han hade byggt upp den mentala filmen varje dag, han hade envist försökt att inte missa ett ögonblick när han kunde se sig själv uppfylld och lycklig i sitt inre öga.

Hans sinne kunde inte acceptera sakernas tillstånd; normalt hade han ingen anledning att känna så.

Han hade uppnått vad han ville, han lyckades njuta av denna prestation under några minuter, men efter det återgick allt till det normala.

Var det värt all denna ständiga ansträngning under hundratals dagar, bara för några minuters förment lycka?

Själen hade tagit över hela systemet; själen hade kommandot och seglade hela kroppens skepp genom dimmiga morgnar.

Känslorna hade vunnit kampen mot tankarna.

Hans känslor var starkare än alla argument; till och med luften han andades var inte längre densamma.

Hans inre tillstånd förändrade hans uppfattning av yttre element; vatten smakade inte längre likadant, och mat var bara en plikt som han var tvungen att leverera till sin fysiska kropp.

Hans neurala kopplingar förblev frusna i den orealistiska filmen, och hans själ brann som en separat enhet.

Han hade väntat i sex år på att förlora sin inre balans genom att arbeta hårdare än andra; han hade väntat hela den tiden på att stöta bort henne och förlora sin kärlek, Keiko.

I det ögonblicket insåg han att han levde i en lögn.

Han borde ha satt sitt hjärta först; det samhälle han levde i var ett samhälle långt från sanning och balans.

Han kände sig avhumaniserad och ledsen; han hade satt ett alldeles för högt mål för en oskyldig själ som hans.

För att lyckas där så många andra lyckas måste den unge mannen vara en rovfågel, men han var nöjd med att bara vara en gråsparv.

Han hade inte det inre material som skulle förvandla honom till en örn, hur mycket han än försökte, och för första gången förstod han detta fullt ut.

Han saknade ledaregenskaper, men det enda som utmärkte honom var hans vision: den digitala valutan hade inte fötts om inte en komplex analysprocess hade inletts inom honom.

Idén om digital valuta föddes som en motvikt till den kärlek han inte visste hur han skulle hålla nära sitt hjärta.

Han skulle ha varit tvungen att välja med sin själ och nu skulle hans leende ha spridit sig bortom gränserna för det kända universum:

Där det varken finns tid eller rum.

Det stora tomrummet

D et som tröstade honom var att han hade upplevt detta upplyftande tillstånd för några dagar sedan.

Han hade varit där, på den plats som han lätt kunde identifiera, känna och känna igen.

Det var en unik plats som han hade väntat på hela sitt liv, och allt han kände i den rymden var nytt och underbart.

Det var då den unge mannen insåg att den här världen är flyktig och att allt som betyder något är de inre tillstånden.

Alla de tillstånd som sinnet inte kan förklara, men som själen kan omfamna fullt ut.

Ändå kunde han inte ge upp sin stora kärlek, Keiko, hur mycket han än distanserade sig från den här världen.

Hennes namn var som en tatuering på hans själ, och han kunde inte och ville inte ta bort det.

Den unge mannen tänkte att Keiko kanske redan var en del av det projektet och en odelbar del av den digitala valutan.

När han slöt ögonen blev allt mörkt, men han var inte rädd och kände inget dåligt, bara en enorm frid som kompenserade för alla dessa tvångstankar och dåliga känslor.

I det stora mörkret hade han hittat inspirationen till sitt nya projekt.

På den platsen var han tvungen att klä av sig sina kläder, han var tvungen att ge upp sitt yrke, sin religion och sin personlighet.

När den unge mannen tittade på sig själv var han inte längre något han kände sig som, han var en ny person, lösryckt från det vardagliga livet och årens konditionering.

Det stora mörkret, platsen där allting föddes och där ingenting ännu finns, fascinerade honom.

För en sekund trodde den unge mannen att allt omkring honom bara var energi, och att energin kunde tränga in som inspiration i hans sinne och själ.

Han behövde inte längre gömma sig för andra eftersom alla minnen raderades och han kände sig pånyttfödd.

Han glömde bort tiden; i själva verket tenderade tiden att bli oändlig och han kunde komma åt den från vilket ögonblick som helst: han kunde resa till framtiden eller visualisera sig själv i olika ögonblick i sin barndom, men han valde att stanna i nuet.

DET SOM CHOCKADE DEN unge mannen mest var att han hade en känsla av att allting samexisterade på den platsen.

I det stora mörkret fanns tusentals digitala mynt, men framför allt fanns där hans mynt.

Därifrån, från den platsen, kom information som en viskning, först var orden inte tydliga.

Han lyckades känna igen ett uttryck här och där, men när han riktade sin uppmärksamhet dit började informationen manifestera sig i alla dess former - auditivt, visuellt och kinestetiskt - som ett magnifikt holografiskt skådespel som kändes och hördes av hela hans kropp.

Det var det ögonblick då den unge mannen kunde ladda ner den digitala valutainformationen från det utrymme som han kallade det stora tomrummet.

Resa

H an ville besöka Europa,
Han ville ta med sig Keiko.

Han hade varit i Skottland i två dagar för en utbildning med kollegor på kontoret.

Det var en intensiv kurs och han hade inte tid att se mycket av någonting. Det var inte förrän på kvällen som han kunde gå ut och njuta av vad som var en pittoresk gammal stad.

Edinburgh var vackert på kvällen,
en uppvisning i lugn och en känsla av frihet,
Borta från den galna värld han levde i.

Den stora metropolen förtärde lite i taget av hans själ.

Det var något man inte inser direkt, man vänjer sig vid det nya tillståndet och det börjar bli en del av en.

Du ser det inte längre eftersom det alltid finns där i dig, du andas in och ut ur det tillståndet tills du börjar identifiera dig med det.

Det tillståndet blir din inre verklighet, de glasögon genom vilka du ser världen, och om de glasögonen har en färgad lins ser du världen i den färgen.

De lovade att promenera tillsammans och gå vilse på de smala gatorna, hålla varandra i handen och ta bilder på vägen till slottet på kullen.

Att stanna till vid en liten restaurang och ta en kopp kaffe med olika smaker och skratta glatt.

De ville upptäcka nya passioner och känslor, långt bort från den galna världen där de spelade samma roll varje dag.

Långt bort från tanken på att de bara var marionetter som hanterades av en smart marionettspelare. Den resan skulle kosta en hel del pengar eftersom de inte ville stanna i bara två dagar.

De ville tillbringa minst två veckor och besöka museerna och konstgallerierna i Glasgow och sedan förlora sig själva i de pittoreska skotska städerna Aberdeen och Inverness.

När de kom tillbaka ville de leta efter Loch Ness-monstret; eftersom han var son till en fiskare kanske de åtminstone skulle få en skymt av dess majestätiska skugga på sjöns botten.

Han började spara, även efter uppbrottet med Keiko fortsatte han att spara allt han inte spenderade.

Han hade inte kontrollerat sitt kontosaldo på länge, och när han gjorde det blev han förbluffad.

Han hade pengar för att stanna hemma i några månader.

Nu stod den unge mannen inför ett viktigt beslut:

Vad skulle han göra?!

Skulle han fortsätta att gå till kontoret omgiven av alla de kollegor han inte gillade och som han kände sig obekväm med, eller skulle han avstå från att tänka på digital valuta?

Efter några minuters betänketid fattade han beslutet med hjärtat, inte med hjärnan.

Ännu ett kapitel i hans liv var på väg att avslutas. Han sa till sig själv: "När en dörr stängs, öppnas en annan framför dig!"

Han log och en känsla av välbefinnande kom över honom.

En förlorad morgon

I dag var officiellt en ledig dag, men vanligtvis hittade företaget alla möjliga ursäkter för att kalla in anställda till jobbet.

Den här gången bestämde dock cheferna att folk skulle stanna hemma.

Saker och ting förändrades, världen de levde i förändrades snabbt.

Ingen var garanterad ett jobb för livet, allt fluktuerade enligt regler som också förändrades i takt med att krisen fördjupades.

För honom var detta ett utmärkt tillfälle att försöka ta sig till den plats där tiden inte längre spelar någon roll.

Han hade tänkt mycket på sistone och insett att han saknade den där känslan av befrielse, det där tillståndet av oändlig flytkraft.

I det flytande ögonblicket verkade allt möjligt, till och med att hitta tillbaka till sin stora kärlek och vinna tillbaka Keiko.

Det var det ögonblick då han kände en absolut känsla av välbefinnande.

När han nådde detta inre tillstånd kunde han lyssna på regndropparna som föll mot fönsterbrädan i det vidöppna fönstret.

Alla dessa ljud förvandlades till en gudomlig konsert där varje droppe blev ett magiskt instrument.

Han kände att han levde i ett djupt tillstånd av inspiration.

Det var ett tillstånd som kom inifrån honom; det var ingenting som han framkallade, utan allt han kände förväntades av hans själ och sinne som plötsligt förenades och harmoniserades till en vibration.

Varje ljud förstärktes sedan och genljöd bortom det kända universums gränser, bortom tiden, in i en mer än perfekt värld.

Alla dessa toner komponerade och återkomponerade sig själva till oändliga symfonier enligt universums hemliga rytmer.

Faktum är att det inte fanns något dolt, du kunde känna igen, om du försökte lite, dessa rytmer runt omkring dig.

Hur dessa rytmer och vibrationer skapades är bortom vår förståelse, även om de verkar enkla, lätta att nå och använda.

Men den här morgonen var inspirationen långt borta, som en båt som hade gett sig ut på havet en dag då fiskaren visste att han skulle återvända med tomma nät.

Men varje fiskare hoppades till sista stund att han skulle hitta fiskstimmet, hoppades till sista solstrålen, och om han misslyckades lovade han sig själv att återvända i gryningen och fortsätta.

Det var så han kände sig i dessa stunder.

Han saknade kärleken

Ä ven om han inte ville erkänna det så saknade han Keiko.
Under en tid hade han förnekat sig själv alla känslor.
Den unge mannen beväpnade sig med mycket viljestyrka och gav sig
ut på denna väg av förnekelse; han skulle vara starkare än sina känslor,
hans sinne skulle vara tuffare än hans själ.

Under en tid fungerade alla dessa strategier som den unge mannen
använde, men nu verkade det som om hela växeln hade fått slut på
bränsle.

Han kunde inte längre hitta den inre styrka som skulle hjälpa honom
att förneka sin kärlek, och dessutom hade han börjat klaga på allt.

Efter att i månader ha gratulerat sig själv till att vara mycket stark
kände han sig nu hjälplös; den tomhet i själen som den unge mannen
kände kunde inte fyllas av någonting.

Även om yttre rymden är en extremt kall plats, nära den absoluta
nollpunkten, kokade allt i hans hjärta.

Även om jordskorpan är en välkomnande och beboelig plats, är
jordens kärna flera tusen grader varm.

Kärlekens eld växte i intensitet varje dag, och denna eld kunde inte
lätt släckas.

Ett vänskapligt avsked, det var allt han hade önskat.

Han skulle fokusera på sin karriär och kanske, varför inte, träffa
andra tjejer att älska.

Det var så han hade tänkt för några månader sedan; Keiko var svår
ibland, lynnig och kanske för mycket personlighet.

Den unge mannen tänkte att om avståndet hade funnits hade känslorna försvunnit av sig själva som ett kraftigt regn.

Den kraftiga regnskuren skulle omforma arkitekturen i hans känslor och lämna plats för en ny beställning, men saker och ting fungerade inte på det sättet.

Det var först när Keiko inte längre var med honom som den unge mannen började känna sig alltmer ensam och olycklig.

Han försökte umgås med andra flickor, men ingen av dem var lika bra som hon, eller så tänkte han.

Den kraftiga stormen uteblev, det kom bara några enstaka regndroppar, och han, en skicklig fiskares son, kunde känna stormen före alla andra.

Han kunde känna igen den innan det första molnet dök upp på himlen, men nu var molnen långt borta.

Denna eld skulle bränna honom inifrån och ut eftersom han saknade Keiko, sin stora kärlek, fruktansvärt mycket.

Han skulle söka upp henne och be om hennes förlåtelse, men skulle hon förlåta honom?

Är hans älskade ensam eller har hon funnit tröst i armarna på en annan man som är mycket bättre och mycket starkare än han?

Om han hade haft den minsta aning skulle han ha sprungit denna sekund; han skulle ha hittat henne några kvarter bort och fallit på knä och bett henne förlåta honom.

Men tänk om all denna impuls inte var något annat än förödmjukelse?

Han hade sett henne på gatan

D et var kväll och den unge mannen var på väg hem från kontoret;
han kände sig utmattad efter en dags arbete där han inte kunnat
hitta något positivt resultat.

Allt han kunde tänka på var att komma hem, ta en varm dusch och
titta på en film.

Sedan somnade han, TV:n slocknade och han glömde allt.

Han drömde att han flög, precis som han brukade göra när han var
liten.

Först var han tvungen att springa fortare och fortare, och sedan var
han tvungen att börja hoppa några meter.

Dessa hopp drev honom högre och högre, och snart svävade han över
träd och hus och flög.

Han hade aldrig tänkt på hur han kunde kontrollera sin riktning,
men han gjorde det instinktivt, mentalt, som om varje människa djupt
inne i sig hade ett kraftfullt navigationssystem, sitt eget gyroskop.

Den unge mannen fick syn på en silhuett och kände igen den på en
sekund.

I nästa sekund kände han hur andningen plötsligt stannade. Hans
första impuls var att springa, men det skulle ha dragit ännu mer
uppmärksamhet till honom; Keiko var bara några meter bort.

Hans livs kärlek var så nära honom!

I ett ögonblick av panik gömde han sig bakom skylten till vänster om
honom. Det var en ljus skylt bredvid en busshållplats.

Det var det mest inspirerade valet för att inte stöta på Keiko som fortsatte att gå och tittade på något i sin telefon.

Han drog en lättnadens suck över att Keiko inte hade lagt märke till honom; när hon tittade upp från sin telefon var den unge mannen fastklistrad vid skylten.

Han skulle inte ha vetat vad han skulle säga till henne, och om han hade ignorerat henne och bara gått förbi henne, skulle han ha varit ledsen.

Han skulle inte ha sovit med samvetskval eftersom han hade velat prata med henne och inte lämnat henne med intrycket att deras kärlek var värdelös.

Många gånger hade han letat efter henne i folkmassan och längtat efter att få en skymt av henne.

Många gånger hade han tänkt prata med henne i några minuter och sedan skiljas i all vänskaplighet, men nu var den unge mannen helt avslöjad.

All denna trötthet, och sedan det drömska tillståndet och minnet av drömmar där han flög över städer och njöt av underbara vyer, kopplade bort honom från verkligheten.

Runt omkring honom verkade det som om alla gick på ett teleguidat sätt, och han hade bara fångat sig själv i den kedja av människor som gick i en riktning, som en ström som styrs av trafikljusets röda eller gröna ljus.

Från detta flöde vaknade han upp som efter en kall dusch.

Den unge mannen kände adrenalin i kroppen och hans sinne var klart och vaket.

Hjärtat bultade och i munnen kände han överflödig saliv som han kämpade för att svälja.

Flera centimeter från sin kärlek

Den unge mannen förblev lamslagen med ansiktet tryckt mot skylten.

Det gick några sekunder innan han insåg att hans kind kändes kall mot glaset och att hans andra kind brann som eld.

Han andades in kraftigt och höll andan när Keiko passerade bara några centimeter från honom.

Hon letade efter något på sin telefon, förmodligen en restaurang eller kiosk där hon kunde köpa middag.

För en sekund kände den unge mannen sig hungrig som om han inte hade ätit en god måltid på flera veckor.

Han känner hennes diskreta doft och återupplever för en sekund hela deras kärlekshistoria.

Den doften omsluter den unge mannen och förflyttar honom från sin kropp till en perfekt värld.

Om han kunde skulle han ha bett henne om förlåtelse där och då. Sedan skulle de gå till en restaurang tillsammans och äta middag som de ofta gjorde.

De skulle ta en kaffe i slutet och börja prata som två vänner som inte hade träffats på flera år.

Han skulle berätta för henne om sin nya befordran precis innan han åkte och hon skulle gratulera honom och, vem vet, kanske till och med kyssa honom på kinden.

I slutet, när han körde hem henne, skulle han berätta för henne att han och hans digitala valuta skulle förändra finansvärlden.

Hon skulle inte tro honom och skulle skratta försiktigt, men han skulle lova att berätta för henne nästa gång om alla sina planer.

Medan han dagdrömde, med ansiktet tryckt mot det kalla glaset, försvann Keiko i folkmassan.

Lyckligtvis passerade den ändlösa strömmen av människor som en ström, utan att någon märkte det.

Ingen hade lagt märke till hans ögonblick av svaghet, rädsla och hopp, kombinerat till ett ord: henne!

Den unge mannen klev ut bakom panelen och ökade takten; han kom ifatt Keiko, men höll ett avstånd på bara några få personer mellan dem.

I sin svarta kostym var han helt förlorad i landskapet i ett hav av svarta kostymer och människor som tyst gick mot den plats där de skulle vänta på morgonen för att starta samma cykel igen: vakna, arbeta, vakna, arbeta ...

Hela detta hav av människor i kostymer påminde honom plötsligt om den myrstack han brukade titta på när han var barn och lekte på gården.

Denna rad stannade tvärt då och då vid ett trafikljus, några tittade upp för att se om färgen höll på att ändras till grönt.

Det var bara de på första raden som ibland tittade på ljuset, de andra följde bara med strömmen.

Han höll också på att ryckas med, men hans trafikljus var Keiko; hon fick honom att stanna eller börja i en annan takt än folkmassan av kostymer.

Universum stannade upp i sina spår

D en kvällen hade universum förändrats på ett bisarrt sätt,
Tiden flöt inte längre på samma sätt för den unge mannen.
Det kändes som om allting var utom kontroll och han åkte
okontrollerat i takt med sitt hjärta, ibland för snabbt och ibland för
långsamt, medan han försökte att inte stöta ihop med den enda
konstanten i hela den surrealistiska bilden - Keiko.

Han följde henne halva vägen, sedan stannade han skamligt i sitt spår
och lät sig stötas och sväljas av vågorna av människor i kostymer som inte
förstod varför någon skulle stanna på plats.

Trafikljuset var grönt.

Han försökte ta några steg till, men fötterna blev allt tyngre; vid det
här laget kändes det som om den unge mannen svävade och hans gång
var naturlig. Han kände sig som en satellit i omloppsbana runt en planet.

Han var där, i kärlekens närhet; han fångades och drogs av den
otroliga kraften i kärleken till Keiko.

Den unge mannen kände att det inte var rätt att förfölja henne på
detta sätt och att det var under hans värdighet, och i dessa ögonblick
slutade hans ben att lyda hjärnans kommandon.

Det var som det ögonblick då satelliten lämnar planetens
gravitationsfält. Han var ungefär 12 år när han besökte det nationella
astronomiska observatoriet med sin skola. Han besökte flera museer med
skolan, och det sista besöket var det han såg mest fram emot.

Han mindes det ögonblicket som om det hade hänt för några
sekunder sedan. Han satt tyst tills guiden lät barnen ställa frågor.

Han ställde flest frågor och vid ett tillfälle tittade de andra barnen på honom med skadeglädje och avund.

En av frågorna handlade om hur en satellit lossnar från en planets attraktionsfält.

Guiden tittade intresserat på honom och förklarade snabbt om detta fenomen, medan de andra barnen gick mot utgången där bussen väntade.

En av hans barndomsrädslor var att månen skulle driva bort från jorden och gå vilse någonstans i solsystemet och bli en liten, svag prick.

Om det skulle hända, hur skulle då fiskarna kunna ta sig hem på kvällen?

Ja, nu visste han att detta fenomen kallas gravitationsflykt.

Satelliten kopplar loss och ger sig ut på sin egen resa genom solsystemet.

Denna frigörelse sker efter hundratals miljoner år, vilket på en universell skala är ganska litet.

Han började springa hemåt, förbi folkhavet som rörde sig unisont som ett enormt fiskstim, eller rättare sagt, hela folkhavet gick förbi honom, den unge mannen.

Han var satelliten som lossnat från sin bana, och hans flykt var en gravitationsfärd; han försökte fly från alla tankar och känslor och färdades genom det kosmiska tomrummet.

Dikter som fastnat i själen

H an försökte skriva men lyckades bara klottra ner meningslösa ord. Tankarna var mycket tydliga, han kände dem och förstod dem perfekt, men han kunde inte uttrycka dem, han hade inget språk som kunde göra det möjligt för honom att göra det.

Den unge mannen insåg att dikterna hade fastnat i hans själ och att den kärlek han hade förträngt till Keiko hade gjort honom oförmögen att uttrycka sina djupa tankar.

Dikterna måste upp till ytan, precis som en vulkan som samlar så mycket tryck och inre energi måste få ett utbrott någon gång.

Ingenting och ingen skulle kunna stoppa den explosion av tankar och känslor som hade samlats inom honom.

Den kraft han kände var kolossal, det var som ett atomkraftverk som skulle kunna förse flera städer med elektricitet under flera dagar och nätter.

Men nyckeln fanns inte hos honom; han kände sig oförmögen att utlösa hela processen och någon annan var tvungen att låsa upp hela processen från honom.

Keiko var dock långt borta.

Till och med den natt han såg henne av en slump kände han att hon var miljoner mil bort.

Den unge mannen kände henne kall och likgiltig, hon som han älskade så innerligt.

Alla de idéer som fanns inlåsta i honom skulle förändra världen för alltid.

Miljontals enheter av digital valuta skulle fylla de digitala plånböckerna hos hundratals miljoner människor.

Hur skulle det gå till? Helt enkelt genom att dess valuta skulle ha ett fast antal enheter. Den skulle vara så värdefull att människor skulle köpa underenheter av den digitala valutan.

Om, låt oss absurt nog anta, tänkte den unge mannen, att en enda enhet kommer att vara värd en miljon dollar, då kommer den som äger den att bli riktigt rik.

Människor kommer att köpa underavdelningar, delar av något extremt värdefullt.

Fram till dess kunde den unge mannen inte hitta sin plats, han flyttade runt i rummet, från sängen, till skrivbordet och sedan till fåtöljen.

Han satt i fåtöljen och imiterade sin far, han närmade sig en filosofisk, till och med mystisk air, men till ingen nytta.

Idéerna var nära att manifestera sig i den verkliga världen, men de var mycket nära att passera tröskeln mellan immateriellt och materiellt.

När han vaknade upp i den stora tomheten eller det stora mörkret kände han hur nära han var knuten till Keiko. Hon var nyckeln till att dessa dikter kunde framträda i perfekt form.

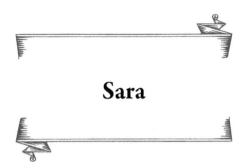

Sara

Efter några minuter inser han att han saknar hennes sällskap. Efter uppbrottet med Keiko hade hans relation till Sara plötsligt svalnat.

Det var därför den unge mannen blev förvånad över att hitta sin goda vän vid sin dörr.

Den märkligaste känslan var att deras vänskap var förnyad, som om de inte hade träffats på en dag eller två.

Stämningen var uppriktig och avslappnad, och han överraskade sig själv när han skrattade hjärtligt åt ett av hennes skämt.

Han saknade den känsla av självförtroende som Sara utstrålade.

Hans goda vän från college, som hade hjälpt honom när han socialt inte kunde hantera härvan av intriger och kontroverser.

Hon hade tagit honom under sina vingar och lärt honom hur man överlever socialt, för en fiskarson från hundratals mil bort i en miljonstad har inte mycket till chans.

Kunde han någonsin tacka sin flickvän tillräckligt för att hon hjälpt och väglett honom under så många år?

Sara var full av liv, en bomb av energi och mod.

I flera månader hade han fått näring av hennes mod och sakta gett sig ut i sin egen bana, på sin egen väg.

Sara berättade också för första gången om Keiko.

Det fanns ett släktskap mellan dem, även om den unge mannen inte var särskilt bra på att lista ut vem som var den mer avlägsna mostern och vem som var systerdottern, Keiko eller Sara.

Huset fylldes av glädje och väggarna kände lyckan igen, livskraften hos själar som kan leva bortom den stress som orsakas av deras jobb.

De båda fyllde varje ögonblick av tystnad med ord, för annars kunde alla dessa ögonblick starta en ny konversation om ett ämne som den unge mannen inte ville ha.

Sara visste hur man var elegant, och hon kunde känna att den unge mannen var spänd i hennes närvaro, så hon fortsatte med frågor om den senaste filmen eller deras favoritband.

Glädjen avtog långsamt och de gick över till att prata om hans nya befordran och allvarliga saker.

Den unge mannen ville skryta, men han kände tyngden av varje ord och hur vägen han färdades oundvikligen ledde honom till ett ämne, det viktigaste, den verkliga anledningen till hans flickväns besök: Keiko.

Efter ytterligare några minuter tystnade Sara och ett ögonblick av extrem spänning kastade den unge mannen in i en storm av känslor.

- Du vet, Keiko..., började Sara säga, och den unge mannens ögon fuktades omedelbart, hans läppar blev torra och han svalde torrt.

Samtalet frös i det specifika ögonblicket i tid och rum, och sedan, i det ögonblicket, blev alla händelseutvecklingar helt möjliga.

Vad som helst kunde hända, som om den unge mannen samtidigt levde i en oändlighet av parallella universum.

Att kämpa mot sin stolthet

D en unge mannens kinder blossade plötsligt rött, bara för att i nästa sekund känna ansiktet bli vitt av känslor. Hjärtat var en trumma som slog så högt att det kunde höras av en hel armé som harmoniserade sin marsch mot segern till den galna rytmen. Det var ett ständigt fram och tillbaka mellan två motsägelsefulla känslor. Å ena sidan ville han berätta för Sara att han aldrig ville höra av Keiko igen, att förhållandet hade tagit slut för flera månader sedan och att han var mycket sårad av allt de hade sagt. Å andra sidan ville han falla på knä och be henne om förlåtelse.

Han kunde be om förlåtelse nu genom Sara, som skulle gå till Keiko och be henne förlåta honom.

Å ena sidan hindrade hans sinne honom från att säga något, men hans hjärta kunde inte vara fridfullt; det fanns så mycket mellan honom och hans älskade som inte hade sagts, det fanns så många känslor som inte hade funnit en plats att uttrycka sig på.

Det faktum att Sara talar med honom om Keiko visar den unge mannen att det fortfarande finns en chans och att han åtminstone nu kan lyssna på sitt hjärta. Han hade trots allt fått den befordran han så desperat ville ha, men det kunde inte göra honom lycklig. I det ögonblicket visste han säkert att det bara fanns en sak som kunde göra honom lycklig i den här världen.

Sara fortsatte med sin lugna röst:

- Keiko fortsätter att berätta om dig. Hon tycker att ni gjorde slut i förtid, att ert förhållande fortfarande förtjänade en chans och att ni bråkade om småsaker. Jag vet inte om du har haft någon annan och det spelar ingen roll just nu, fortsätter Sara, men hon har försökt med flera förhållanden och alla har misslyckats på grund av dig. Hennes kärlek till dig håller henne fången... Keiko älskar dig fortfarande! Det var det jag var tvungen att berätta för dig. Och Sara drar en lättnadens suck, hon gjorde vad hon var tvungen att göra för att få de två unga människorna att återförenas.

- Ja, sa den unge mannen med en guttural röst, jag vet... och det gör jag också. Faktum är att du har rätt och hon har rätt. Vi bråkade om ingenting.

Sara tittade på honom, iakttog varje reaktion med intresse, och sa:
- Om du frågar mig så var det inget annat än en kamp mellan egon.

Den unge mannen nickade långsamt:
- Ja, en kamp mellan egon, upprepade han med dämpad röst.

Den unge mannen kände en tyngd lyftas från hans axlar. Sara var här för att prata om deras förhållande, ett förhållande som han inte ens hade hoppats på under flera månader. I det ögonblicket började han hoppas.

- Hon såg dig faktiskt på gatan en kväll.

På bråkdelen av en sekund visste den unge mannen exakt vilken kväll det var.

Sara log igenkännande och tillade:
- Hon såg faktiskt dig först.

Reklamskylten

Ingenting hade förberett den unge mannen på den extrema förnedring han kände i det ögonblicket. Keiko hade sett honom krama skylten. Han försökte att inte tänka på det, men det är precis som när någon säger åt dig att inte tänka på en rosa elefant... det är allt du tänker på. När en spotlightperson eller en övervakningskamera såg scenen blev den skrämmande för den unge mannen. Hans före detta flickvän gick förbi och fnissade och tittade på honom ur ögonvrån, medan han stod fastklistrad vid skylten, dragen inåt som av gravitationen från ett osynligt svart hål.

I det ögonblicket insåg den unge mannen att han aldrig skulle kunna träffa Keiko igen och att han aldrig skulle kunna se henne i ögonen igen, särskilt efter att ha insett att flickan visste att han hade följt efter henne åtminstone halva vägen hem.

Det var för mycket även för en förälskad person som skulle göra vad som helst för att återfå förlorad kärlek. Och medan förnedringen fortsätter, fortsätter Sara att berätta historien:

– Vi skrattade båda två när vi föreställde oss att du gömde dig där bakom den ljusa panelen.

Sedan ändrade hon ton och tittade uppriktigt på honom och frågade:

– Varför pratade du inte med henne den kvällen?

– Eftersom jag fick panik trodde jag inte att jag någonsin skulle få träffa henne igen, även om jag ofta önskade att jag skulle få det.

– Så du älskar henne fortfarande!

avslutar Sara och det var det sista allvarliga som diskuterades den kvällen.

Tiden gick långsamt, även om de två ungdomarna ansträngde sig för att återfå den rytm de hade haft i början av samtalet, men det fanns en spänning mellan dem.

Sara gick och framför dörren kramade hon honom hårt; hennes händer var varma, hans händer var kalla och inaktiva.

Från gatan hörde han taxin stanna utanför sitt hus och dörren smälla igen, och sedan upphörde de andra ljuden att höras, även om de var närvarande, men hans sinne dissocierade dem och lämnade dem utanför hans medvetna räckvidd.

Hela detta besök var bisarrt; under den senaste timmen hade han försökt fråga Sara varför hon hade kommit, men han hade inte haft modet att göra det.

Varför hade Sara kommit till honom? Var hon en budbärare, eller hade hon kommit av nyfikenhet?

Vad var det för budskap? Han kunde inte urskilja någonting i det dimmiga mörker som hans båt flöt genom.

Hans far hade berättat för honom att många fiskare hade gått vilse när dimman hängde över Kagoshimabukten den tiden på året. Vissa hade aldrig återvänt, trots att de var skickliga fiskare, vana vid att kämpa mot stormen och ta sig an de högsta vågorna.

Ibland är stormen mindre farlig än dimman.

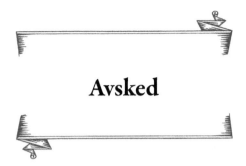

Avsked

H an vaknade klockan fem och insåg att han inte ens hade sovit särskilt mycket, det där tillståndet där han bara vred och vände på sig kunde inte kallas sömn.

Det var lönlöst att ligga kvar i sängen längre, så han gick upp och gjorde sig en stark kopp kaffe. Inte bara huvudet utan hela kroppen var fortfarande chockad av Saras besök.

Varför hade han inte pratat med henne den kvällen utan hellre gömt sig som en fegis bakom skylten?

Varför följde han inte sin intuition och gick fram till henne med ett leende och bjöd henne på middag?

Vad kunde vara värre än det pinsamma sätt han kände och fortfarande kände, när han visste att Keiko hade sett honom?

Han kunde inte gå till jobbet, han kände inte för att göra någonting, så hans första tanke var att skriva sin avskedsansökan.

Han tog ett papper och började skriva ner allt som kom in i hans huvud. Anledningen till att han sa upp sig var att filialchefen var ett troll som ville äta upp sina anställda. Han log och skrev att anledningen till hans uppsägning var att han inte passade ihop med resten av sitt team.

Faktum är att han redan hade gått vidare till sitt andra pappersark och inte ens insåg när detta var färdigt. Han kände för att skriva och inspirationen slog till igen, så han plockade upp sin anteckningsbok och fortsatte att skriva sina älskade dikter, dikterna om digital valuta.

Telefonluren ringde; det var fredag och han var tvungen att gå till jobbet. Han skulle skriva fler uppsägningar under helgen.

Det där med att säga upp sig roade honom fruktansvärt mycket, i ett samhälle där ingen säger upp sig. Det finns vissa undantag, men ingen medarbetare som har blivit befordrad kommer in med en avskedsansökan, utan försöker återbetala det förtroende som företaget har investerat i honom.

Hur svåra tiderna än skulle bli höll alla fast vid sitt jobb så länge de kunde, och han, som var son till en fiskare, visste mycket väl vad det innebar att vara hungrig och att fylla sin mage. Han tänkte inte kasta bort sina sex års arbete för några förvirrade känslor.

På väg till jobbet stod han och tittade i några sekunder på några duvor som flög förbi; de var fria och han kände sig fri i detta ögonblick. Den unge mannen visste att han hade kommit ut ur den dimma som hade äventyrat hans framtid.

Resignation var inte svaret, men en sådan idé skulle inte heller avfärdas.

När han kom till jobbet satte han sig vid sitt skrivbord och spelade upp en mental film. Han föreställde sig att han gick till filialchefens kontor och lämnade in sin avskedsansökan. Det var bara en lek, men vad honom beträffar arbetade han inte längre på det företaget. Han skulle komma till jobbet varje dag för att han behövde pengarna, men hans själ var någon annanstans. Det var hans hemlighet.

Lördag

D en unge mannen vaknade och tog sin morgondusch. Han gjorde sig redo för att ta en promenad i regnet när han utan förvarning kände inspiration komma från ingenstans.

Han hade väntat i veckor på att få känna den unika känslan igen. Han kände hur tillståndet av inre frihet började infinna sig igen. Han hittade sig själv igen, trots att han visste att han aldrig hade förlorat sig själv.

Han kunde äntligen andas ut och känna sig stark och komplett igen; utan detta inre tillstånd tenderade han att gå ut ur tröghet till den punkt där han visste att han skulle stanna.

Den här gången lämnade han sin anteckningsbok på soffbordet i vardagsrummet och gick ut på en promenad, men världen runt omkring honom var inte intressant för honom. En hel värld av färger och känslor visade sig nu för honom som en holografisk projektion.

Den första fristaden, platsen där människor som han väljer att gömma sig och fortsätta sina liv borta från frestelser och distraktioner, tog form i hans sinne.

Det skulle bli det perfekta samhället, människor och artificiella intelligenser tillsammans, som arbetade mot samma gemensamma mål: mänsklighetens bästa och utveckling.

Allt detta skulle kosta pengar, miljarder om inte tiotals miljarder, och hans digitala valuta skulle betala för allt detta.

Han kände för första gången att han hade ett uppdrag; allt han hade upplevt var ett skämt, alla rädslor och allt obehag han hade känt var ett skämt.

Tusentals människor skulle fylla tillflyktsorten och föra mänskligheten till en ny medvetandenivå, och han hade en viktig roll att spela i allt detta. Han skulle inte bli ledaren; så småningom skulle han bli tvungen att visa intellektuell ärlighet och erkänna att han bara var en av ledarens anhängare och så var det, men det skulle inte ta bort hans meriter.

Att ha chansen att delvis skriva om mänsklighetens historia och att kunna förändra tusentals liv var en känsla som fyllde hela hans själ med glädje och lycka.

"Var kommer alla dessa idéer ifrån?" undrade den unge mannen.

"Kan det vara så att mitt sinne, som älskar att resa och fabulera, har nått en högre nivå av kunskap?

Människor behöver en fristad, och om min digitala valuta kommer till liv kommer jag att se till att det händer."

Den unge mannen funderade lite till och ändrade sig: "När min digitala valuta kommer till liv ska jag förverkliga den här drömmen."

Sanctuary, den underjordiska tillflyktsorten, grävd på många nivåer, framstod för en ödmjuk troende som en uppenbarelse.

Söndag

H an hade inte fått så mycket sömn och efter flera koppar kaffe blev bilderna han visualiserade allt tydligare.

Människor och maskiner fångade tillsammans i ett oändligt spel, och med varje uppgradering återställdes allt och sökandet fortsatte.

Världar byggda från grunden, som den artificiella superintelligensen raderade och systemet återställdes.

Mitt i dessa världar, omgiven av fyra artificiella superintelligenser som var och en härmade i sin egen takt, fanns hon, den enda intelligensen som verkligen betydde något. Hon skapade reglerna och bestämde tiden för nästa uppdatering.

I det spelet tävlade tusentals andra AI:er om att komma dit först och hitta algoritmens lösning.

Den som alltid var först på plats fick den viktigaste delen av uppdateringen, och vid nästa återställning hade den intelligensen övertaget.

En ny värld skulle födas och växa fram inuti en algoritm som såg ut ungefär som den blockkedja han hade föreställt sig.

Sedan skulle det bli tyst, eftersom både människor och artificiella superintelligenser skulle upptäcka något annat i en annan del av universum och bege sig dit.

Jorden kommer att lämnas ifred, förvaltad av begränsade artificiella intelligenser som bara har till uppgift att följa vissa parametrar, i väntan på att människorna eventuellt återvänder.

Kan allt detta hända? Var det möjligt att allt liv som finns i människan bara skulle vara maskiner som kontrollerade luft- eller vattenkvaliteten enligt standarder som fastställdes för tusentals år sedan? Och ändå kan denna framtid vara möjlig eller inte, den kan vara sannolik eller inte, men tills dess kommer varje människa att kunna påverka denna utveckling av mänsklighet och maskiner på ett eller annat sätt.

Ansträngningen att uppfatta glimtar av framtiden tröttar ut den unge mannen, som slutligen somnar och drömmer om Fristaden, den plats där de som vill och förtjänar det kommer att få skydd och vara fria.

Mot kvällen vaknade han och började skriva; dikterna var fortfarande färska i hans sinne efter alla dessa sublima ögonblick av inspiration. Den tusenåriga resa som han hade föreställt sig gav honom nu styrka och mod.

Den unge mannen visste inte vad morgondagen skulle föra med sig, om han skulle känna sig stark eller, tvärtom, modfälld och ledsen. Det viktigaste för honom var att han levde i nuet.

"Är framtiden ett ständigt nu som vi väljer att leva i kärlek eller hat?" tänkte den unge mannen och somnade om med den tanken.

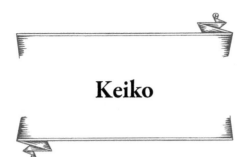

Keiko

Det hade gått flera dagar sedan han hade sagt upp sig, åtminstone var det det spel han spelade.

Han fortsatte att gå till jobbet med ett leende på läpparna och de andra såg också annorlunda på honom.

Den unge mannen var mycket mer distanserad och denna förändring i attityd fick de andra att reagera annorlunda.

Han arbetade inte längre på det där företaget, han kom bara för att slippa ha tråkigt hemma. Han kom för att hjälpa sitt tidigare team, eftersom de inte kunde klara sig utan honom.

Den unge mannen hade också stunder då han insåg att han lekte en barnslig lek och att han egentligen inte hade förändrat något i sin dagliga rutin, men så länge leken inte skadade någon fortsatte han att leka den.

Efter de två dagar han hade upplevt tillstånd av rent medvetande verkade livet mycket bättre.

Till och med filialchefen, det där trollet som åt upp anställda när han var nervös, talade vänligt och berömde honom.

Han visste inte längre vad han berömde honom för, men han fortsatte med det nya spelet.

I flera år hade han velat bli befordrad och spelat en roll som inte passade honom.

Han var inte sig själv, han var en mönsteranställd och på grund av det förlorade han Keiko; han satte sin karriär och sitt yrkesliv framför sitt kärleksliv.

Nu skulle han ha roligt, han skulle arbeta med samma energi, men hans prioriteringar hade ändrats. Hans sinne var fokuserat på nya idéer, på konstellationer av kunskap och kärlek.

Han överraskade sig själv när han såg en mamma bära sitt barn i famnen; hon hade en speciell scarf med vilken hon hade lindat sitt barn runt sitt bröst och de två hade blivit ett.

Med dessa tankar gick han hem, satte sig i fåtöljen och mindes mentalt denna bild:

Bilden av moderskapet, av de små men absolut kärleksfulla gester som en mor gör för sitt barn.

Han såg framför sig hur Keiko bar deras gråtande, bråkiga baby till sitt bröst, medan hon, lugn och kärleksfull, smekte och lugnade honom mot sitt varma bröst.

"Om jag fick välja igen skulle jag inte stöta bort kärleken eftersom kärlek föder kärlek", tänkte den unge mannen för sig själv och tog upp en kudde och kramade den hårt.

"Hur känns det att hålla sitt eget barn mot bröstet? Kan man inte ge det för mycket kärlek för att man inte vill ge det för lite?"

Under de närmaste dagarna spelade han sedan rollen som pappa, gick mycket försiktigt med kudden mot sitt bröst och pratade oavbrutet med honom. Han kunde inte vänta på att hans arbetsschema skulle passera och skyndade sig till tunnelbanan i en galen rusning.

Han lugnade ner sig först när han kände kudden mot bröstet:

- Mamma kommer, vänta på henne, Keiko kommer.

Återförening med sin kärlek

D en unge mannen öppnade dörren med kudden i famnen, och hon skrattade och kysste honom. Det var fredag.
Det var allt, inga fler ord och inga fler blickar.
Keiko var hans igen.

Det fanns inget behov av någon ytterligare förklaring eller analys av händelserna. Den unge mannen kände igen de bräckliga fingrarna som lätt knackade på dörren och i det ögonblicket visste han att hon var där.

Generad kastade han kudden på fåtöljen och tittade på henne utan att säga något. Det var tyst och från det temporala tomrummet kom två andetag som försökte harmonisera efter månader av osammanhängande.

Han hade missat kärleken och om han hade fortsatt så här skulle han säkert ha blivit galen. Här skickade universum svaret till honom. Lagen om attraktion fungerade, men i en helt annan riktning än han hade föreställt sig.

Med sitt lilla bagage i handen var Keiko på väg att kasta sig in i en ny tidslinje.

Den unge mannen kände det som om han tittade in i två speglar där bilden av de två reflekterades i det oändliga. Varje reflektion representerade en annan möjlig tid, och ändå levde han i den verklighet som han inte ville lämna.

De satte sig ner och pratade om onsdagens jordbävning klockan 10. Den var inte stor och skadorna var små, men det var i det ögonblicket de tänkte på varandra.

Sedan berättade han för henne om sin befordran och sitt uppsägningsspel. Keiko skällde ut honom och sa att det inte var läge att skämta om sådana saker. Sedan följde helgen som gick som om de två var oskiljaktiga. Keiko vägrade att lämna den unge mannen och på söndagskvällen lovade han att vara vid hans sida hela livet.

Den unge mannen vaknade i morse och omfamnade sin framtid med ett leende på läpparna. Han kunde ha blivit galen av längtan och gått omkring med kudden i famnen resten av sitt liv. Men universum har sin egen rytm och sitt eget sätt att tala till dem som älskar varandra.

Det förflutna upplöstes långsamt som dimman skingras mot morgonen. Hädanefter skulle den unge mannen leva i framtiden som ett ständigt nu, och hans båt skulle sakta sjunka ner på en klar flod på vars botten det låg ädelstenar.

Kärleken återvände i alla sina former och omfamnade honom med morgonens strålar som spelade genom skuggor och färger. Tiden stod stilla och mörkret i rummet började få färg.

Han valde kärleken, och varje morgon skulle bli vackrare med Keiko.

Keiko var mild

En rad obesvarade frågor. Det svåra var över, men framtiden berodde helt på vad de två unga människorna skulle göra.

Den unge mannen fortsatte att tänka och vara distraherad och återupplevde faktiskt de senaste månadernas lidande efter sin stora kärlek.

När han kom hem från jobbet satte han sig vid bordet och började äta taktiskt, tills hans blick mötte ett par tofflor som stod vid dörren. Det var små tofflor, som ett barns.

Den unge mannen slutade äta och tittade noga på tofflorna, sedan insåg han att de var Keikos. Han hade glömt allt.

När han gick till jobbet gick han tillbaka till sina gamla mentala mallar; han gick ombord på tunnelbanan i samma vagn, klev av på samma plats och gick längs vägen i samma takt som alltid.

Hans kropp hade lärt sig ett visst beteende. Hans kroppskemi hade förändrats i en sådan utsträckning att det var svårt för honom att acceptera lycka.

Lyckan hade fastnat på den undermedvetna nivån, och det medvetna sinnet lekte med nya motsägelsefulla känslor. Var Keiko verklig eller levde han i en illusion?

För ett ögonblick fick han panik och sprang runt i huset och letade efter fler av flickans saker. Han hittade hennes hårborste och tandborste i badrummet. Så allt var på riktigt, inte i något spel som han hade uppfunnit.

Han hör från hallen när nyckeln öppnar dörren och Keiko går in i huset; hon kom från college.

- Jag trodde att du inte fanns på riktigt, att mitt sinne hade fört dig hit, men att du var väldigt långt borta, säger den unge mannen genom snyftningar.

- Jag är här och du kan uppfatta mig genom ditt hjärta; lämna ditt sinne och koppla bort alla de tankar som inte är bra för dig. Du har mig nu, viskade Keiko till honom.

Keiko var mild mot honom och förstod honom eftersom deras kärlek var bortom alla automatiska program som körs av sinnet. Deras kärlek var en sällsynt sak: en förbindelse som väckts och återupplivats, men på en annan nivå.

Hälften av deras kärlek hade dött för några månader sedan, men det var den halvan som hindrade dem från att vara lyckliga.

De två hade tagit den från den andra halvan av kärleken och allt som återstod var att bygga en helhet, utan svek och utan ånger.

Keiko var mild, och det gav honom mod att se framåt, mot den virvelvind av variabler som ständigt förändrades i tusentals och åter tusentals tidslinjer. Men hon fanns där, som ett starkt ankare som höll honom trygg.

En romantisk middag

Keiko var helt underbar och fick honom att känna sig värdig och fri. Han hade tänkt förbi separationsögonblicket, det svekfulla ögonblicket när stolthet ersatte lycka med skuldkänslor och ånger.

Han var fortfarande osäker, men han visste att en lång resa väntade honom i framtiden, och att omfattningen av de känslor han kände bara var en glimt av den kärlek som skulle omge hans liv.

Han var tvungen att behålla samma tillstånd, men det var som om någon tvingade honom att tala till sin själ med samma jämna röst. Han var tvungen att behålla samma förhöjda känslor för att övervinna det obehag som orsakats av den totala bristen på kärlek under de senaste månaderna.

Hur kunde han skilja sig från alla de gånger han hade varit han?

Hur skulle han kunna ångra alla de kretsar som format hans personlighet?

Allt han behövde göra var att lära sig och anpassa sig. Det kunde han bara göra genom enkla, uppriktiga gester.

Hans sinne var upptaget med att hitta lösningar för att kompensera för den brist på kärlek han hade upplevt.

Den unge mannen inser att det inte längre handlar om honom och att hela hans syn på livet förändras.

Han var föremål för ett experiment, och han kunde identifiera sig med ett enda ord: healing.

Eftersom han inte hade något kvar att förlora och eftersom han hade allt att vinna överlämnade sig den unge mannen till kärleken, och i det ögonblicket såg framtiden bra ut och kändes bra.

Han kunde se glimtar av de framtida händelserna; han kunde säga till sin själ att han kunde gå genom det våta gräset på den morgon som ännu inte hade kommit.

Det var kväll och hon hade förberett en romantisk middag för dem båda, när solen, skrämmande eller inte, gick ner för att gå upp på morgonen.

Skulle det bli den morgon då daggen i gräset skulle berätta historien om två fotspår som försvinner in i oändligheten? Eller skulle det vara historien om två unga människor som sökte efter varandra utan att hitta varandra?

Men den unge mannen ville inte längre bedöma framtiden; middagen var utsökt och tiden stod nu stilla.

Regnets stänk kunde höras på fönsterbrädan, men de var inte längre den tystnad som faller mellan sekunder, utan blev eoner i en strid där universum kämpar för att passera bortom den oändliga tomheten.

En romantisk middag som avslutades med kärleksord som ingen skulle få höra.

Faktum är att de inte längre talade ord, utan tittade på varandra och förstod vad de hade att säga.

"Jag är lycklig i en värld som jag bygger upp av känslor", förmedlade den unge mannen genom sina ögon till Keiko.

Den tysta natten

E n tyst natt följde, full av hopp, men också av rädsla som fortfarande klamrade sig fast vid alla de starka tillstånd som den unge mannen hade byggt upp.

Under en tid låg den unge mannen i sängen och hoppades att sömnen skulle komma. Hans sinne var upptaget av materia, och all denna inre process förlängde avståndet mellan sekunderna och gav dem en tyngd som höll hans ögonlock öppna.

Trots att han försökte stänga dem ville han inte sova.

Det finns många sätt att somna på och det visste han, därför gav han inte upp utan började andas in och ut i en viss takt. Han hade nästan somnat när hans dikter plötsligt projicerades på rummets väggar som tredimensionella enheter.

Former och färger kom och gick bortom väggarna i ett kontinuerligt flöde av höga vibrationer.

Han hade inte kunnat avsluta anteckningsboken där han skrev sina dikter eftersom hans personlighet hade förändrats under de senaste dagarna; han kunde inte skriva och allt han skrev var inte längre tillfredsställande.

Men den här natten blev hans själ helad, efter en period av sökande efter vägen hem. Materia upphörde att vara materia och blev en våg.

Frågor förvandlades till svar, och de kom alla från ingenting.

Det stora tomrummet talade till honom genom färger och vibrationer och hela hans läkningsprocess fick nu en ny innebörd.

Attraktionslagen handlade inte om hans karriär, den handlade om själen och kärleken. Hans dikter hade potentialen av miljarder och åter miljarder underenheter av digital valuta som gick samman för att bilda bara några tiotals miljoner enheter. Attraktionslagen handlade inte om hans yrkesliv utan om det överflöd han kände just nu.

Även om han inte var bekant med alla dessa tillstånd av övermedvetande visste hjärtat hur man blir sammanhängande med sinnet och tar honom till konstellationer och senare till okända galaxer. Detta överflöd av känslor och tankar kunde bota alla sjukdomar och hitta lösningar på alla problem. Detta överflöd andades från bröstkorgen som ett separat sinne, ett själens sinne som vibrerade på sin egen frekvens.

Alla de böcker han hade läst, all den tid som den unge mannen hade investerat i, hade inte ljugit för honom, allt var en förberedelse för detta ögonblick, för det kvantsprång han hade lyckats göra.

Han började med att vilja bygga sin egen väg, följa alla de regler som samhället föreskrev, och ändå bar vågorna honom i en annan riktning.

Även om den unge mannen flydde från kärleken, fann kärleken honom till slut och gav honom den styrka och det mod han hade förlorat.

Dikter i slutet

Keiko fann den unge mannen vid köksbordet, där han tittade på en inbunden anteckningsbok. Hon sätter kaffet i perkolatorn och sätter sig bredvid honom.

- Nu är det klart! Jag gjorde det och avslutade dessa dikter i morse.

- De är verkligen extremt intressanta dikter, vi kommer att läsa dem kanske år från nu och komma ihåg dessa stunder.

- Det är inte bara dikter, sa den unge mannen efter en lång paus. Detta är vår framtid; jag skrev dessa dikter eftersom jag inte kunde hitta något annat sätt att ge liv åt idéerna, men allt finns här. Digital valuta är här, i konceptform. Jag har hållit detta hemligt för alla.

- Ja, älskling", sa Keiko, "men en idé, oavsett hur briljant den är, måste omsättas i praktiken; det är den största utmaningen. Att hålla den hemlig vore ett misstag, du borde ge den till alla.

Den unge mannen började skaka långsamt på huvudet; allt Keiko sa verkade omöjligt att förstå. Hur skulle han kunna kasta bort allt sitt arbete och låta någon stjäla hans idéer? Bättre att hålla den där anteckningsboken borta från alla andra.

- Min älskade", fortsatte Keiko, "vad du måste förstå är att om någon uppfann eller tillverkade ett sådant mynt i morgon, skulle ingen vara intresserad av att köpa det. Det kommer att ta tiotals månader innan nyfikna investerare försiktigt börjar köpa en enhet av din valuta för varken mer eller mindre än en dollar. Ditt eller vårt mål är att förverkliga din dröm. Vi har varken resurser eller förmåga att tillverka denna valuta, och även om vi gjorde det skulle det vara en enorm belastning på resurser som vi inte har.

Då förstod den unge mannen: Keiko hade rätt. Hans roll var att drömma, och någon annan skulle skapa och sälja de första bitarna av den digitala valutan.

När den digitala valutan kunde säljas skulle de köpa flera tiotusentals enheter för bara några hundra dollar och sedan vänta på att priset skulle stiga.

Under de följande dagarna översatte och kopierade Keiko den unge mannens dikter. Alla dessa kopior skickade hon till dem som redan diskuterade behovet av ett digitalt mynt. Diskussionsforum började vakna till liv och den unge mannens idéer vann gehör hos många som ville skapa framtidens valuta.

Några månader senare hade de två ungdomarna redan de första enheterna av den digitala valutan i sina digitala plånböcker och var mycket nöjda.

- Vad tänker du på nu, frågade Keiko honom försiktigt?

- Jag har massor av idéer, och en av dem är att skapa en plattform för att dela videor på bara 15 sekunder. Tror du att en sådan idé skulle få genomslag?

Men Keiko svarade inte utan log bara oändligt.

Milton Keynes UK
Ingram Content Group UK Ltd.
UKHW051944070823
426447UK00015BA/829

9 798223 288909